野地果

胡燕青 著

在陌生的土壤裏堅持
扎根、長葉、開花、
結果，把濕冷的異鄉
變成溫暖的家園

野地果
作者／胡燕青
責任編輯／王心靈
美術設計／劉碧雲
出版發行／突破出版社
香港沙田亞公角山路 33 號突破青年村
電話：2632 0000　傳真：2632 0388
電郵：breakthrough@breakthrough.org.hk
網址：http://www.breakthrough.org.hk
http://www.btproduct.com
承印／海洋印務
2009 年 6 月初版 1 刷
2017 年 5 月初版 6 刷
2018 年 6 月 2 版 1 刷
2025 年 11 月 2 版 7 刷

The Wild Fruit
by Wu Yin Ching
First Printing, First Edition, June 2009
Sixth Printing, First Edition, May 2017
First Printing, Second Edition, June 2018
Seventh Printing, Second Edition, November 2025

Printed in Hong Kong
ISBN 978-988-8392-76-6

作者電郵，歡迎聯絡：wuyinching@gmail.com

誠邀閣下就突破出版社的書籍發表意見
歡迎加入突破出版社 Facebook page — http://www.facebook.com/btbooks.page
本書採用環保油墨印刷

成長文學

目錄

1 再巧合也沒有了 6

2 馬老師點兵 13

第一封信：想念 27

3 心情總是在拐彎 29

4 童年最後的一步 37

第二封信：媽媽病了 50

5 同路人 52

6 馬老師「偏心」 68

7 光榮與幸福 75

第三封信：我愛廣東話 81

8 歷史新低 84

9 爸爸失業了 94

10 傳說中的姑婆 105

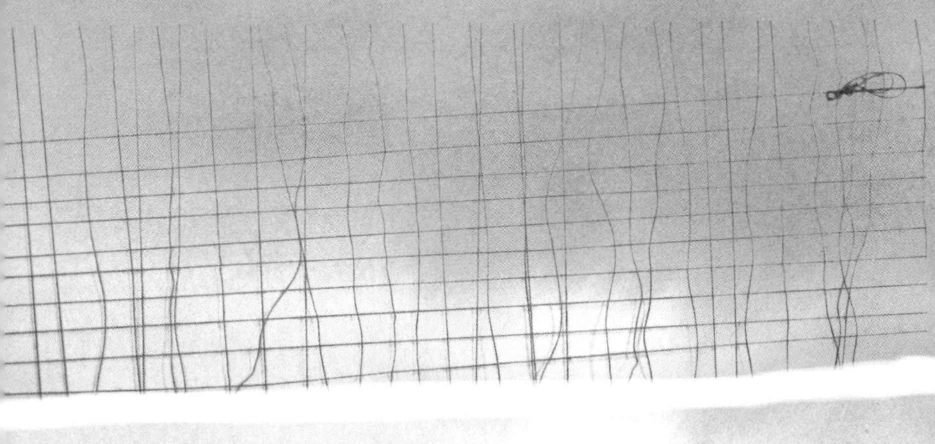

11 主持大局 114

12 綜援歲月 125

第四封信：美哉繁體字 134

13 小麥包、蘋果、漢堡包和亂飛的球 136

14 伯樂 143

15 更好的球鞋 152

16 媽媽的病源 159

17 飄球 167

18 第一份差事 175

第五封信：辭職 180

19 奪冠 182

第六封信：相聚有時 188

1 再巧合也沒有了

這是今天下午最後一節課了。對閔小辛來說，香港中一的中文課實在太淺易了，她很難集中精神。依書直讀的陳綵風老師聲音清亮，但總讓人覺得她為了講好每一句話，經常過分用勁地咬字、小題大做地用詞，呃，就是那種說話速度緩慢穩定、神情高貴且從不犯錯的中文老師的模樣。不過，這種腔調，無論是由老師、由媽媽、由上司還是由做牧師或和尚的發出，都會因為過分完美而缺乏起碼的親切感。

陳老師塗上灰藍色的眼影至少有四層之多，下垂的睫毛相當茂盛（但不知是真是假），為眼珠子加上了一個條子帳篷，外面還罩着一副漸進尖尾飛簷粗框古老眼鏡。同學們從來沒辦法「看見」她，因此也不知道她是否「看着」自己，那是頗為叫人不安的。幸好她永遠保持微笑，為此，小辛覺得她大概還是愛學生的。

今天實在太累了……小辛的眼皮給大氣壓了下來，眼角快要合攏之處，她看見坐在身旁的「粒仔」還在教科書上拚命抄寫——咦？他在寫什麼？啊，原來在背默一首詩！

小辛特別喜歡數學，而粒仔則是小辛從未見過的數學天才，可以和他討論深一點的概念或抽象問題，因此小辛自覺有點幸運。粒仔個子極小，精瘦黝黑，但臉上皮膚光滑得像嬰孩；最令小辛喜歡的，是他從來不歧視自己非常有限的廣東話，他還常向小辛請教普通話，讓她覺得受到尊重。

粒仔完全未進入少年發育期，架着塑料黑邊大眼鏡，蓄平頭，人比小辛矮三十公分，至多只有一米四。他總是目光炯炯、精神飽滿的，眼睛黑是黑，白是白，從不打瞌睡。

小辛忍不住小聲問他，怎麼做才可以這樣。粒仔覺得這是傻瓜才會問的，竟義正詞嚴地在紙上寫道：「沒有精神，與行屍走肉無異。要活得好，就得『龍精虎猛』。」小辛用普通話嘟囔：「這誰不知道？很難做得到啊！」

粒仔很認真地看了她一眼，從課本扉頁翻出剛才手抄的廣東口訣來，遞給她看：「垃圾食物冇我份，垃圾信息零容忍，開門七事做到足，九點半後唔識人。」粒仔念完，又寫道：「我的座右銘。我自己創作的，大部分是自主獨立言論自由的我的意見，小部分（例如第三句）是爸爸媽媽的意見。」

「什麼是『開門七事』？」小辛很好奇，雖然她知道上課談話是不對的。

粒仔又寫：「這個『開門七事』是我們的家訓：祈禱讀《聖經》，其一。運動與玩樂，其二。第三，要『津津有味』地看課外書。第四，用任何方法知道當天的新聞。第五，幫 Maria 做一件家務（Maria 是我家外傭）。第六項是每天打電話跟爺爺聊天（有時我得先想好話題）。第七才是溫習、做功課。」

「這麼多啊？」小辛在粒仔的紙上寫道：「你九點半就『唔識人』、睡覺去了，能做完嗎？」

粒仔瞄她一眼，再次揮筆：「當然能夠。信不信由你——如果你早上六點未夠就被媽媽從被窩揪到洗手間，給她胡亂一放，再讓她用又濕又冷的毛巾糊在你臉上——保證你可以。」小辛笑了。她只是從沒想到不久之後自己也要過這樣早起的日子，但九點半卻一定無法上牀睡覺。粒仔的家庭超級幸福吧？她垂頭看看這個小娃兒模樣的同學，既佩服又疼惜。

對呀，沒有多少人知道，粒仔對人的觀察力很強，屬「挑通眼眉」一類，話不多，卻總能一針見血。小辛第一天上課，就給他胡亂創作卻流利萬分的普通話逗得很開心。

話說回來，閔小辛身高一米七，是已經十四歲的新移民插班女孩，怎會跟粒仔成為「鄰居」？原來開學當日，粒仔因為太矮小，給班主任張懷廣老師命令他坐到前面。粒仔躲閃着走到第一行靠左的位子，總算有了歸宿。但他的位置太接近老師，根本沒有人喜歡坐，小辛在開學後不久插班，後面的同學卻不肯空出一個位子來，還一點不介意讓高大的新同學擋住老師們的視線，小辛就順理成章地坐到粒仔身邊了。

教數學的張老師試過要小辛往後挪，可大家都極力反對。張老師平日會去遊行支持民主，因此也身體力行，接受大多數人的意見，讓她暫時坐在那裏。想不到小辛因此交到了粒仔這個「忘年」好友。為何是「忘年」？很簡單，粒仔是班上最小的同學，十一歲不夠的資優兒童，小學時跳過兩次班（每次他都很興奮，但也會哭，因為捨不得同學）。小辛呢？在大陸的時候雖然成績出眾，可因為來港後英語追不上，只好聽教育局的勸諭，降了兩級。

張懷廣老師講課講得忘形時會噴口水，他發出的水炮每一顆都清晰可見，飛行路線卻難以預測。前排的同學最初來不及反應，如今敏捷多了，就像粒仔，一發現他將要發出「P」音（例如他要說「point」或「probability」這些詞的時候），就會馬上舉起教科書（同學的數學書都預先包了膠）來「抗洪」，張老師的課因而充滿笑聲。

張老師最會提問題，而且都提在同學們覺得模糊的骨節眼上，更會嘉獎答對（或幾乎答對）的同學，還喜歡玩分組數學遊戲，因此大家的數學都進步得很快。他常說冷笑話而不自知，冷得同學們笑個不停，而他呢？卻以為那是因為自己夠幽默。因此，他頗受歡迎，即使要求同學每天做大量數學題，大家還是愛上他的課。張老師也必定每天批改作業，還會在作業本上畫卡通，同學都喜歡他。

不過，小辛最愛的還是馬老師。

多年前，香港女排到縣裏跟縣隊的大師姐們打友誼賽，剛進縣城體育學校受訓的小辛（當時還是個小學生）多次坐在觀眾席上觀賽。小辛的夢想就是到香港生活、成為香港隊的球員。馬老師那時是香港少年隊，後來成了正選隊員；她短頭髮，細圓臉，尖下巴，單眼皮，臉上有幾點小小的雀斑，雙腿既直且長——有點像馮坤。可她比馮坤瘦多了，而且不是升球手。馬老師打球從來不爭功，且必努力為同伴創造機會，人非常正直。

有一次，小辛親眼看見一件事，那是她想都沒想過的：馬老師故意輸掉了一分。原來之前她觸網，裁判沒看見，判香港隊贏了；她繼而故意輸掉一分，以求公道，體育精神可嘉。可是香港隊在緊張關頭輸了那一局，同伴對她的做法都不大認同，賽後兩三個人走到一旁埋怨她，有些隊員甚至狠狠地瞪着她，她卻很自在，臉上一點為難的神色都沒有。但那兩個人罵得太兇了，正在口沫橫飛，縣隊的主教練卻親自走過來，跟當年還是大學生的馬老師親切地握手，稱讚她和港隊的教練公正無私。小辛看在眼裏，多希望自己也成為香港隊的成員啊！

沒想到，今天真的移民到香港來了，當年讓小辛心神嚮往的港隊大姐姐，如今成了自己的體育老師，真是再巧合也沒有了！

2 馬老師點兵

為什麼小辛想進港隊呢？因為爸爸住在香港……啊，陳老師說到哪裏去了？

小辛一想到爸爸，就想起他幾乎每天都說一遍的話：「孩子，爸爸老了，這輩子就指望你啦。你可別到學校去混日子啊！」小辛企圖集中精神，誰料那催眠的「深夜節目唱片騎師聲」只會愈聽愈渴睡，她只好在早已經寫畫得花斑斑的舊課本上不斷抄寫那些非常「繁複」的繁體字。

縱然如此，小辛的眼皮還是有千斤壓頂的感覺。眼前滑過的是媽媽的病容——那雙老是盯着牆壁的眼睛，和那

一聲必然的「嗯」。媽媽這些天都不肯說話，也不看小辛和爸爸一眼。這是多麼不正常的媽媽啊！

這當兒，馬老師忽然用力敲門，然後走進教室來。「陳老師，可以借用你一點點時間嗎？」陳老師放下教材，還是那個微笑：「又來點兵啦？」馬老師解釋：「是呀，就怕一下課，這些娃娃一哄而散，都找不到了。」

班上的女同學聽了，都暗自渴望馬老師的名單上會有自己的名字。小辛的心情卻十分複雜——那是打從心底裏冒起的興奮，也是一浪接一浪的自卑感，她好想躲起來，甚至怕自己說不出「我是」兩字。上一次有人找她，她用廣東話一回答，大家就哄笑起來。從此，有人在背後叫她做「窩蟹」（我係）。她很自然地垂下了頭，好像要把那種渴望壓抑下去。

在香港，誰不知道這家學校的排球隊都棒、甲乙丙組男隊女隊一樣出色？兩位體育老師都是前港隊成員，且後來都成了有名望的教練；可是沒多少人知道，小辛的球技也很了得。她是本鄉小學的運動尖子，八歲開始進體校受訓，今年十四歲，多年前已獲選進入縣級少年隊，主攻、二傳、助攻、自由人都勝任。可惜她移民到香港來，馬上變得沒沒無聞，如今給卡在這個中一班上，心裏一直難受。小辛只希望馬老師有一天會知道自己的實力……

除此以外，另一事也叫她非常為難——她還有空間打排球嗎？來港幾星期，媽媽整個人變了。一向井井有條、積極做家務，女紅一流，有用不完精力的媽媽，如今把髒衣服撥到雙層牀的內側，倒頭就睡。「有空替我洗了吧，我累死了！」她說話時把臉藏到被子裏，一句話嗚嗚地響着，像隔着一堵牆說。

想到媽媽，小辛就想哭。每天一回家就得面對一大堆家務，這不難，可是媽媽那空洞的眼神，慵懶、浮腫的臉，實在可怕啊。「媽媽，你生病了嗎？」「沒有，只是想睡。」「體溫正常嗎？」「沒發燒，我只是累……」

「……黃伊嵐、張翠雅、閔小辛……閔小辛！閔小辛！咦，閔小辛不是這一班的嗎？」馬老師有點疑惑。粒仔用手推小辛：「怎麼不是！閔小辛，你幹嗎不應馬老師？睡不夠就是這樣，唉……」閔小辛傻傻地站了起來。馬老師定睛看着她：「你想加入排球隊嗎？可你的年齡已屬乙組，我們的球隊都是從丙組開始進隊受訓的，我看見你打得特別好，才讓你插隊。你要不要參加？」

小辛努力壓抑着雜亂的情緒，用初學來的廣州話說：「我……很好，我要參加！」同學們聽見她的「我很好」的「好」用了普通話的發音，馬上又笑起來。陳老師沒怎樣責怪他們，只伸手示意大家安靜。馬老師還要去隔壁那個班點兵，趕忙說：「那我先把你算進去。明天跟我確定一下吧。」

黃昏了，「明天」很快就要到來啦。小辛看着媽媽平臥在下層牀的背影，很想把她叫醒，又有點不忍。她走進廚房，他們自家的那個爐頭旁邊完全沒有食物，看來媽媽又沒上菜市場了。她回到板間房裏，搜尋可吃的東西。有一罐豆豉鯪魚。她覺得也可以了，就去淘米做飯。剛開了電鍋，爸爸就回來了。

他看看媽媽：「還沒有好起來嗎？」小辛搖頭。爸爸說：「我先去洗澡，免得一會礙着陳阿姨。」

小辛把爸爸隨手扔在地上的汗衣撿起，一陣汗臭撲面而來。她想起爸爸在工地紮鐵的樣子 —— 赤裸着上身，汗水像許多找不到主河的小溪，沿着曬得棕黑色的皮膚胡亂滑下來……她也常常汗流浹背——在縣城體育館裏。汗的味道相似，可帶來的感覺不一樣。優秀運動員的榮譽感，在爸爸勞苦卑微的工作裏全都流失了。小辛想哭。這一刻，爸爸的愛，媽媽的愛和蕭教練的愛重疊起來，可是，這幾種濃烈的愛，卻好像無法和睦相處，各走極端地在她心裏拉扯着。

飯香和着水氣從電鍋冒出來，像剛剛倒進茶裏的淡奶，充滿了色調暗沉的板間房，使它生出一種柔白模糊的美。爸爸打開豆豉鯪魚罐頭，一縷魚香糅進飯香裏，對正在餓肚子的人來説，是無法對抗的引誘。

爸爸説：「好香啊！但是我們三個人，夠吃嗎？你還在發育，這頓飯太馬虎了吧。」「爸爸，你該多吃。」小辛回答説：「你可是要用大量體力的啊，我做了特別多的飯。」想到爸爸年近六十，還得每天日曬雨淋，暴露在十幾度的紫外光和三十幾度的高溫下，小辛就覺得飯也咽不下。

這時候，媽媽在牀上説話了，聲音低沉而病態：「我不餓，你們吃吧。」爸爸和小辛回過頭去。小辛把媽媽扶起

來，說：「媽媽，你一定要吃，你不是說你沒有病，只是累了嗎？」媽媽想抗拒，但爸爸夾了魚，連飯一起送到媽媽嘴邊來了。忽然，媽媽哭了。這突如其來的情景，小辛還是第一次看見。以前的媽媽，沒有什麼難得倒她，現在一家團聚了，她還哭什麼呢？

爸爸垂下頭，好像明白媽媽的心事，又好像還在思考，臉上有一種難以言說的尷尬。小辛想起進排球隊的事，為了讓媽媽開心，就胡亂說：「爸爸媽媽，體育老師看中我，我又可以打排球了！」媽媽的臉色稍微一亮，竟露出了一點隱約的笑意。「真的嗎？」她說：「那就好了。來，我們都吃飯吧。」

第二天早上課前一個多小時，小辛連蹦帶跳地跑進學校大門。她昨天還在想自己是不是該多留在家裏照顧媽媽，打理家務，可沒想到父母都這樣開明，問都沒問就一個勁兒鼓勵她參加排球隊。她決定了，為了讓媽媽好起來，她一定要在課業、練球之餘幫助媽媽洗衣服、買菜、

做飯。一進學校，她就跑到球場去。

學校的操場很大，由三個籃球場並排而成。不過，因為學校流行排球，且已接近賽季，最南和最北的籃球場都架起了排球網，每天早上整七點開始就被不同年齡組別的男女球隊徵用。中間的球場，有時用來打手球，有時用來練網球，有時用來打籃球，各適其適地招呼着不同的「散戶波友」。東面是山坡，種滿了細葉榕和木棉，西面則是幾個羽毛球場，再西就是物理、化學和生物三個實驗室。聽說這樣闊大的球場在寸金尺土的香港本來就不多，更遑論此處樹蔭濃密、環境優美了。能夠被安排到這樣的學校來讀書，小辛感到非常有福。

她知道馬老師必定正在北場練兵。不錯，她就在女子乙組那邊。

「馬老師！」她用蹩腳的廣東話高叫道：「我可以進隊了！」

正在對打的十多人忽然都回過頭來，其中一個還不慎吃了個「波餅」。老師叫她們停一下，就往這邊走；但小辛同時感到一陣「冷風」從老師背後吹湧而來，讓她打了一個哆嗦。十幾個年齡相若、但比小辛高至少兩級的中三、中四女孩子，一起用陌生甚至不友善的眼光盯着她。

老師可一點沒發覺，還說：「閔小辛，快去換衣服吧，把握時間練球！」小辛說：「老師，我沒有球衣。」老師做事一向爽快，就答道：「你去校務處找李小姐，拿一套編了號碼的新球衣先穿上吧。」她這麼一說，後面的隊員又互相打眼色。有些更表露出相當不滿的情緒，連嘴巴都撇歪了。小辛看着她們，心裏掙扎了一秒鐘，馬上回過神來，「啊」一聲答應着，開步跑向校務處。

17 號新球衣有一點寬，跑起步來兩個袖子飛呀飛的，感覺好古怪，可也很爽呢。老師讓小辛先熱身，其他人還在打練習賽。幾分鐘後，老師對其中一個女孩子說：「章泰詩，你們那邊還欠一個主攻手，閔小辛暫時到四號位補上吧。」可是，大家聽見都僵住了，那個章泰詩更緊緊抱着球，一動不動。

「怎麼啦？」老師問。

一個嬌嬌的聲音從人堆中冒起：「老師不是說過，沒有人可以隨便插隊的嗎？我們都是從中一就進隊、一起練習到今天的，可她一來到就……」説話的是束馬尾的女孩，叫做美美。

「閔小辛也是中一的呀！」老師笑説。

「那為什麼要來乙組？該插到丙組去啊……」也有人回嘴。

老師沒好氣地説：「你們都知道組別是根據年齡分的，她已經十四歲了。」

「啊，原來又是大陸妹……」有人在背後小聲説。

這一來一回的對答，叫小辛的感覺由興奮變成驚訝、抗拒，甚至惱怒——這就是香港的少年人嗎？拒人千里啊！但她忍受着，因為她真的非常渴望再次打排球——而現在，藍黃色的排球已在一臂之遙了！就在這時，章泰詩開始有點失控，突然高聲宣告：「大家記得嗎？我們那時要訓練多久才能穿上這件編了號碼的球衣啊！老師實在也説過四號位這個『大槌手』位置是要選拔、爭取的，現在老師不守諾言了。這樣的話，我退隊好了！」

馬老師聽了，臉上隱約泛起一點不悅，但她沒做聲，只拿起排球，用力往對場開了一個長長的「飄」球，好像要把心裏的不舒服用輕快的飛行來遣散。「排球隊可以解散，你們也可以離開。問題是為什麼要解散，為什麼要離開——不過因為我叫新同學臨時補上一個空位？這位中一的小師妹竟有這種力量嗎？阿詩，你是隊長，竟然隨隨便便說退隊？如果你堅持，我只好同意了。」

馬老師的鎮定、講理，面不改容地處理問題的英姿，讓小辛打從心底裏佩服。馬老師大概只有二十六、七歲，身材結實瘦削，頭髮依舊很短，碎得像絲線，堅韌而幼細，但在陽光下閃閃發亮，即使人已經汗流浹背，髮絲仍在乾爽地飛翔。她的下巴比以前更尖小了。

這時，阿詩倔強地站在老師面前，頭是昂着的，眼睛卻看着別處。她顯然正努力把淚水壓到眼皮下：「老師也必然記得我們當初是怎樣考進排球隊的，但是，她連考都沒考過！我只是覺得不公平。」阿詩用眼角瞄瞄小辛腳上那雙國產的破舊排球鞋，不屑地歪歪嘴唇，補上一句：「這我們不服。」

別的女孩都想點頭，卻又不敢，一臉不知所措。她們不會也想退隊吧？小辛覺得這真是天大的笑話，但她很成熟，沒有用目光「回敬」她們，反而站到一旁去。馬老師忽然撿起一個排球，叫了一聲：「小辛，打！」說時遲，那時快，小辛已奔前、跳起、舉手、壓腕……「潑」的一聲，球落在對面的三米線上。

女孩子們驚呼起來——但全都是沒有聲音的眼睛的驚呼。她們面面相覷，良久才漸漸散開，回到原來的位置上去。老師説：「阿詩，我有沒有考過小辛，你怎麼知道？我是不是一個公平公正的人，你認識我兩年多了，還不曉得嗎？時間不早了，我們練習扣球吧。」她轉過頭去看着另一位同學：「莊莊，升球！」

大家熟練地排成一行，在四號位前輪流跳起，練習扣殺。個子不高、用十幾個髮夾固定頭髮、大眼睛的李品莊努力把每一個來球升到網前的位置，讓隊友用力打下去。到阿詩的時候，她好像特別緊張要把球升好，可是正因為過於用勁，也過分刻意，球貼網升起；阿詩也因為特別要做得比小辛好，整個人往球網上衝了過去，馬上把手收回都來不及，只好胡亂把球撥過網頂，手腕觸了網，姿勢有點難看。阿詩狠狠地瞪她，莊莊連忙舉手行禮說對不起，馬老師則如常叫道：「下一位！」

到小辛了。莊莊升起一個平飛球。她是故意讓小辛措手不及的——所有人都看出來了，可是沒有人做聲。小辛沒多少時間反應，卻以高速衝前起跳，把球直線壓向對面場地的邊線內。長髮的陳琳衝口而出地叫了一聲「好」，叫完又有點害怕，回頭看看隊友，笑了笑，伸了伸舌頭。

「實在是好啊，你伸什麼舌頭？確實好極了嘛！」又是阿詩的聲音：「老師，不如就讓新同學做隊長吧，她比我強得多了。」

小辛感到很意外，在國內，哪有人會用這種態度跟老師說話？可是馬老師一點不示弱，馬上應答：「這是你的建議嗎？你真的覺得她比你勝任？」

「這是由老師——還有同學們來評定的。我沒有意見。」阿詩說時，給每一個隊員發出凌厲的眼色。老師笑了。她知道阿詩必須受一點挫折，必須經歷過好些難堪的局面，才會慢慢成長。「好，同學們自己決定吧。快初賽了，你們該怎麼辦，要怎樣顧全大局，自己想想吧。今天就練習到這裏，把球和球網收好，下星期重選隊長！」説完就往老師更衣室走去。

女孩子們拉着球籃子來撿球，本來在另一邊拆網的莊莊，忽然不拆網了，只顧趕上大家，留下小辛一個人在那裏忙。小辛正狼狽不堪，忽然聽見一個男孩子用普通話説：「球網讓我們來處理吧，我們馬上要在這裏上體育課了。」小辛抬頭一看，啊，這個架眼鏡的大男孩真臉熟，不知道在哪裏見過。

亲爱的教练：

你们好吗？我好想你们啊。您的腰还要敷药吗？英子的膝盖复原了没有？

来到香港已经两个星期了，除了上体育课，我还没有碰过一次球，今天临下课，马老师（就是前香港队的队员马焕晴，您记得她吗？）来找我，说我可以进队了。可是，我妈妈这些天不大舒服，我要做很多家务，也不知道是不是该进队。

现在，我们一家三口住在一个小房间里，这地方比我以前的睡房还小。这是由一个大房间分割而成的，两个小室中间只有一块木板。

听说，这种房间在香港叫「板间房」，在我住的区域「深水埗」很常见。我们这边比较大，可以放一张双层床和一个「五桶柜」，还有窗子。可是妈妈和我的东西还是不够地方放，爸爸已经用砖头垫在床脚底下，让床底有更大的空间。他花钱买了些透明塑料箱子回来，我们的东西才算放好了。可是，我们的许多衣物，我的校服，还有妈妈比较好的衣裤，还是得挂在床架上，以防弄皱。亲爱的教练，这里很热，妈妈和我都不大习惯。

木板的另一边原来住了一位不大友善的叔叔。一次我无意中看到他整个房间都放满了各种各样的香烟。他只有一张床和两三个行

李箱，整个房间弥漫着一种霉臭烟味，我从未看过他搞卫生。我们来到后第三天，他就给警察抓了。后来，我听见陈阿姨的儿子陈叔叔很生气地说，他不要再看见陈阿姨让这样可怕的人住进来，因为陈阿姨现在为他带孩子。如今，那个房间空着，这单位只有陈阿姨和她小孙子（我妈说陈阿姨是寡妇），还有我们一家。到现在为止，我们还未去看过任何亲戚，就连妈妈以前常常提起的姑婆也没去看过。

陈阿姨的孙子洛洛只有两岁，可爱极了，有一天我试着教他写字，可是他连拿笔都不会。不过，陈阿姨还是很欢喜，她说我们在这里，洛洛将来就会爱读书。好了，我得做饭去了，下一次再谈。请您代我问候队友，我有空就会给她们写信。学校里的电脑用的是一种叫「仓颉」的输入法，同学们都会用，我却不会，无法写电邮，我想您更喜欢用纸笔写的信（这张纸是我们学校的笔记纸，上面印着的是校章和校训「修己爱人」，我班主任说它的意思是「要自爱，也要爱人」）。

祝您

腰部尽快康复

学生

小辛

敬上

二零零八年九月十六日

3 心情總是在拐彎

小辛抬頭一看，原來走過來的不止一個人呢。那是一大堆高高瘦瘦的男孩子，都穿着運動服，戴着護膝，看來正是甲組的大哥哥。「那我謝謝你們。」小辛很自然地用普通話爽快回答。

她還未説完，其他男孩就搶着用很爛的普通話胡亂叫起來，一個把「不用謝」説成了「不用借」，一個説「必哈七」，原來是「別客氣」，還有一個本來想説「我們是男人嘛」，卻説成了「我們是懶人嘛」，小辛笑彎了肚子，努力拋下一句「咁禍祖先啦」，那些大哥哥馬上又裝作認真地學她説：「祖啦，祖啦，禍地一陣都祖嘎啦。」小辛差點笑得落在地上，阿詩她們帶來的不快煙消雲散了。

來到更衣室，小辛的笑意未止，迎面而來的卻是一雙兇巴巴的眼睛。阿詩狠毒地盯着她，擦身而過，臨行從牙縫中漏出「白癡」兩字。小辛的心情一下子又拐了彎，她很氣憤，心裏反應地冒出一句：「白癡的人有罪呀？」但她還是忍住沒有叫出來。

女孩子們差不多換過衣服了，只有莊莊還在忙亂。她把校服裙子穿上，但是怎也拉不好後面的拉鏈。眾人不等她，全都趕上了阿詩，一同離開了，莊莊大叫道：「喂，等等我呀……」小辛見狀，走過去把拉鏈咬住的布邊輕輕扯開，拉鏈又動了。莊莊回頭看看她，友善地說：「謝謝你。」小辛向她一笑，她有一種感覺，以後莊莊會給她升起好打的球。

回到家裏，房東陳阿姨鬼鬼祟祟地把小辛拉進廚房。「小辛哪，你得好好看着你媽媽呀——她今天……」小辛嚇了一跳：「媽媽有事嗎？」陳阿姨是個杭州人，一百公斤的大胖子，臉特別寬闊，五官給肥肉擠得很細小，可是她說起話來表情豐富，眼睛儘量睜開，嘴巴也努力張展，只是腮幫子的肌肉實在太有彈性了，任憑她再用勁，眼和嘴還是給擠壓下去，説起話來總給人一種正在拚命的感覺，每次看見她小辛都想笑。

可是，這次聽見媽媽有事，她笑不出來了。「事呢，説不上有什麼事，可她一天到晚悶悶不樂，老在睡覺，我叫她出來看電視，她也搖頭。一點東西都沒吃過呀。哎呀，你們可別在我家裏胡來呀！」小辛説：「陳阿姨，我也很擔心。我媽媽是不是有病啊？」

陳阿姨想了一下：「你下課還是早點回來守着她吧，要是搞出什麼割脈啊、跳樓啊、燒炭啊，唉，壞嘴巴，胡説，胡説！……我是胡説的啦，你可別怪我；有事發生，不光你們慘，我的房間也永遠租不出去了。」小辛乖巧地點點頭。可是，平時練球大多在放學之後，她該怎麼辦呢？

她走進房間，媽媽還是睡着的樣子，可一聽見腳步聲，就睜開了眼睛。「你回來啦，不用打排球嗎？」小辛放下書包，坐到牀沿上：「我們今天早上練過了，明天放學再練。媽媽，你起來走走吧。」媽媽從牀上勉強坐起來，她長長的頭髮一半垂在背後，一半蓋在臉上，臉色白得像一個暈倒在地的人，整個人憔悴不堪。

小辛捧住她瘦瘦長長的臉，看着她陷進了眼窩的紅紅的眼睛，説：「媽媽，你哭過嗎？」媽媽沒回答，只説：「老師讓你打什麼位置呀？」聽了媽媽的問題，小辛有點驚訝。她把媽媽的頭髮全繞到耳朵後，看着她説：「暫時在主攻手的位置。」媽媽很平靜地回應：「為什麼是暫時的呢？——小辛，媽媽害了你。我太自私了。」

小辛沒料到媽媽有這種想法。「害了我？媽媽，你到底在想什麼呀？」

媽媽不是第一次這樣説了。小辛試過勸她別這樣想，可媽媽好像沒聽見似的，還是不斷重複這話。小辛只知道她苦惱，卻無法明白她整天躺在牀上是患了什麼病。這才是她最擔心的。

「媽媽，我帶你去看醫生，好不好？就看樓下那一位。初來香港的那天，我不是患傷風了嗎？我們見過他的。」

媽媽連連搖頭。「我沒有不舒服，不過想睡，你就讓我多睡幾天吧，之後我就去找工作。」

沒想到陳阿姨早就把頭偷偷探進板間房來了。「唉，要是沒有錢，我先借你們，老躺着不是辦法啊，閔太太！你要是真的沒病，看看醫生不會死的；如果有，可千萬別傳染我的小孫子呀。你再不去看醫生，我這裏可不想再租給你們啦。」

小辛猛然抬頭。陳阿姨說的當真？她用懇求的眼睛看着陳阿姨的胖臉，誰料剛好碰上她那沒有空間睜大的眼睛。它們正在向小辛努力眨動。小辛又慌張又想笑，很是尷尬。「媽媽，去吧。」小辛找來一柄梳子，把媽媽漸長的頭髮刷順，束成低低的馬尾辮。再走到前面來，看清楚了媽媽的樣子。她沒有瘦，反倒胖了（還是腫了？）眼睛四周出現紫色的暗環。媽媽一直是個決斷爽快的人，但今天的她到底怎麼了？在小辛的攙扶下，媽媽站起來，高大修長的身子已變得傴僂軟弱。

這一刻，小辛的心隨之下沉，對於眼前的一切產生了一陣無以名狀的厭惡。她在厭惡媽媽嗎？不，絕不容許這樣！不可能的！她拚命把這種想法壓抑住。中國人的血液裏本來就流着孝順父母的因子。但她厭惡的是什麼呢？腦海慢慢浮出了點滴。

那是蕭教練的話：「不要去香港，留在這裏打球吧。打完球才二十幾歲，到時再去讀大學。」説時，她捉住小辛的手，眼睛都濕了。教練沒結婚，一生奉獻給排球，把隊員看作自己的孩子，有時會罵，有時會罰，但大部分時間都無微不至地照顧着她們。她會給集訓中的女孩子套棉被、做飯菜、編辮子，甚至買衛生巾。小辛是她最愛的徒兒，因為她不光能打球，還能應付縣裏重點學校的功課，而且爽朗坦誠，一點沒有中國九十年代獨生孩子的嬌氣。

確實因為媽媽一意孤行，説一定要到香港和爸爸團聚，小辛才提早失去這一切的 —— 雖然，在媽媽的調教之下，香港這個夢想名字，從小就光照着小辛的心。但眼前這一個舊區，卻是殘缺的、霉爛的，一個唐樓單位經常住着三、四個貧窮的家庭。板間房的狹小，內地成長的孩子不能想像。

小辛一家用的家具都是撿回來的，牀腳要墊高，媽媽和小辛的行李才放得進牀底。陳阿姨説他們已經比較幸運，因為房間的南邊有一個窗 —— 爸爸原來一直過着這麼貧困的生活嗎？—— 此刻，小辛的眼睛充滿淚水，那是一種離恨和親情交集的矛盾感覺。她把媽媽的手捉得更牢了。

出門時，陳阿姨把二百塊錢悄悄塞到小辛手裏。小辛沒有反抗，只偷偷把錢放進口袋。

在診所等了半小時，媽媽説過兩三次要走，才輪到她見醫生。這一切太可怕了 —— 要不是媽媽和醫生一問一答，小辛可沒辦法知道媽媽原來已經病到這地步。

「來到香港，頭一直隱隱作痛。肚子脹氣，很不舒服。完全不想吃東西。」媽媽説。

「想睡覺嗎？」醫生問。

「想，好想，如果可以的話，希望一天到晚都睡。可是，到了晚上卻一直醒着。」

「來香港之前，有這樣的情況嗎？」

「可能有過吧，沒印象。」

這時，醫生對小辛說：「小妹妹，可以到外面等媽媽嗎？」

小辛的心怦怦地跳。媽媽不會有事吧？她站起來，禮貌地點點頭，退出診症室。年輕醫生善解人意，為她輕輕關上門，還朗聲說了一句使她鬆一口氣的話：「放輕鬆點，你媽媽沒事。」

4 童年最後的一步

小辛大清早就來到教員室。她站在門前，有點猶豫。畢竟她從未走過進去，就連馬老師在不在也不知道。這時，教中文的陳綵風老師剛好走過，把小辛叫住了。

「閔小辛，有一件事，我正要問你。」陳老師平時友善慈和的笑容沒有了，取而代之，是嚴厲的眼神——小辛覺得那是一種詭異的威勢，裏面甚至有一點點壓抑着的興奮。小辛滿腔疑團，跟着老師走到她的位子旁。

「是你自己寫的嗎？」陳老師抓起小辛的作文，往她面前一扔，劈頭就問。

小辛努力記憶上星期自己寫過些什麼，對了，上一次的作文題目是〈我的小學生活〉，她詳細敘述了自己在縣隊練球和出省比賽的往事。但就因為這麼想了一下，遲了點頭，老師的眼神更凌厲了：「閔小辛，你才中一，語文該不會好到這種程度；再者，你的故事實在難以置信——什麼在縣隊裏打球，到武漢、天津、濟南比賽……你是從哪個網上體育雜誌抄來的？」

小辛非常驚訝——老師以為我的作業是抄來的嗎？同學們說，以前上作文課都是即場交卷的，可那天因為練習「走火警」，陳老師才讓大家帶回家裏去完成全稿。晚上，小辛把文章寫得長長的，是因為她實在十分懷念自己從小學到初三的生活。為了讓老師看得舒服，寫完後，還特意重抄一遍，她翻着小詞典，小心寫好每個繁體字。為此，她差不多弄到午夜才上牀，燈光刺着爸爸的臉，他還得拿來一件汗衣，摺疊好放在眼皮上才能入睡。

「陳老師，那全是真的，每個字都是我自己寫的！」小辛申辯。

「如果日子真的那樣愉快，你才不會來香港呢！香港有什麼好？這裏的教育，怎麼比得上內地？我知道你一家現在還住在板間房，對吧？哪有人會放棄如此寫意的生活，到香港來過窮日子？」

小辛本要來找馬老師說媽媽的病情，不意竟讓陳老師抓着來罵，一陣陣巨大的枉屈和憤怒上湧到喉頭，化成了倔強的淚水。很明顯，這情緒不完全是衝着陳老師來的。她的憤怒，也來自同一個問題：為什麼要在此時此刻到香港來？誰問過我的意見呢？我可以說不嗎？雖然香港確曾是自己的夢想，但那是維多利亞海港上燈光璀璨的香港，不是板間房裏齷齪的香港——但她竭力把淚水壓到眼皮下，深深吸氣，然後用流利的普通話答話：

「我確實是縣隊的隊員，你可以去查證。還有，我本來已經在念初中三了，來到香港，因為英語底子不好，才插進這一班，變成中一生。」

陳老師聽過解釋，發覺自己可能真的搞錯了，就草草總結：「你愛怎麼說就怎麼說，我有我的專業判斷；這一次我不追究，你可別再有下一次！」說完還拿起點名簿和課本、作業，裝作要離開教員室。其實，那時離開上課鈴響還有半句鐘，而其他老師也早已轉過頭來看着她們。

小辛站在那裏，一方面怒不可遏，一方面悲從中來，人幾乎崩潰了。可是，她對自己說：不！不能吞下這口氣，不能不申辯——個人的清白是很重要的！於是她向着陳老師的背影説：

「陳老師，請稍等一下！我沒有抄襲。您説您不追究，這話我不能接受，因為您冤枉了我，説『不追究』的應該是我！」

陳老師回過頭來，一臉愕然，眼睛好像要噴出火焰來：「什麼？你還要追究我呀?!」她環顧四周，似乎又有了道理：「大家看看：今天的孩子是什麼個樣子的啊？尊師重道？老掉牙的笑話！」她一面説，一面用眼神發出權威的信息，像要呼召所有人來支持她。

可是，教員室裏的老師都不做聲，有些人垂下頭，有些裝作看着電腦，有些面面相覷，其實都在注視事情的發展。小辛説：「陳老師，您不能毫無證據就誣告我抄襲，這一次，確是您不對！」

陳老師把點名簿和課本作業使勁扔到書桌上，怒吼道：「我已經給你下台階，你真是不知好歹！」

「我不需要下台階，我沒有抄襲。」小辛理直而氣壯。

「我，我要記你大過！……」陳老師氣得幾乎說不出話來。

「我說嘛，陳老師呀……」終於有人開口了：「算了吧，這事一鬧大了，校董會要求你拿出證明，你就麻煩了。」說話的是一位中年男老師，明顯的人情練達。

「這還不算可怕，要是小鬼跳樓，你才夠煩呢。」有人小聲補充。

小辛一個人站在七八個老師中間，彷彿掉進了冰湖。她的心徹底變冷了，這反而令她一點都不害怕。如果給這樣罵幾下媽媽就能夠好轉過來，那就罵吧，她只是感到傷心。這些不敢主持公道、不管對錯，甚至不理會孩子的死活，只考慮自己煩不煩的人，真的全都是老師嗎？熱的感覺又一次湧到鼻腔、眼眶裏，這裏面雖有冤屈，更多的卻是絕望。

就在此刻，一位年輕的男老師從人堆後面走上前來，用穩定的語調說：「陳老師，法律精神是寧縱毋枉。搜集證

我沒有
我沒
我沒有

據是控方的責任，如非證據確鑿，被告仍然是無罪的！」他說：「你是中文老師，陳之藩先生的散文〈莫須有與想當然〉[1]難道沒讀過嗎？我們首先要考慮的是孩子的感受和成長啊。」那位年輕老師說到這裏，小辛的淚水再也忍不住了，從眼睛滑到臉上，人也失控了，嗚嗚咽咽的咬住嘴唇在抽搭。

「好了，好了，有時候呀，真的很難斷定啊！」那位老練的中年老師又來打圓場：「這位同學，好歹跟陳老師道個歉吧，沒事了，沒事了。」

「沒有誠意的道歉，我才不要！」陳老師說完，馬上抓起桌上的東西，奪門而出，離開了教員室。她是那麼憤怒，憤怒得讓人覺得她一定有什麼須要掩飾，是足以撕破她面子的羞愧嗎？

老師們搖搖頭，一個一個地坐下，只有剛才為小辛辯護的年輕老師仍站在那裏，溫柔地問：「同學，你叫什麼名字？」

1 陳之藩，著名散文家。〈莫須有與想當然〉寫他小時候給老師冤枉抄襲的故事，收在散文集《時空之海》，USA: Oxford University Press, 2004。

「閔小辛。」

「Good Gracious！你就是閔小辛啊？我是杜老師，教英語的。馬老師和張老師多次提起你呢。馬老師説你很會打排球，將來是香港青年軍的必然人選！」他故意提高聲音説。如他所料，其他老師又回過頭來看着小辛了，這下子，他們的嘴角彎起了，眼光開始露出一點點仁慈的亮光。小辛卻只顧垂下頭，心情依舊陰暗。

「你來找誰？是要給老師們開排球訓練班、幫我們減肥呀？」幽默的杜老師又説無聊話了，他分明在逗小辛笑。很艱難地，小辛開始感到一絲溫暖，也努力嘗試微笑。

其他老師這才紛紛加入對話。先是可愛的帶廣東音的普通話：「原來真的是縣隊球手呢！你認識趙蕊蕊嗎？那一次大獎賽我擠了半天都擠不上去，拿不到她的簽名啊。」説話的是剛才一直不敢做聲、教理科的 Miss Lam。

小辛看見她害羞但天真的臉，真的忍不住笑了。「我有她好幾個簽名，林老師，我可以送您一個。」

「嘩！……」老師們火熱起來了：「馮坤！我要馮坤

的！」「我的偶像是陳忠和……」

「老師都愛看國家女排打球嗎？」小辛進入狀態了，爽快地問。

「當然啦！我們都是中國人嘛！」回答的聲音此起彼落，讓小辛第一次觸摸到香港人的中國心。一位老師甚至説：「我一定會細讀你那篇文章，我會找機會替你跟陳老師説情。」

小辛心裏不舒服。她本來想説「不用了」，可她怕讓這位好心的老師難受，就禮貌地回應了一句「謝謝老師」。不過話一出口，心裏的委屈和悲傷又上湧了。這四個中文字不覺竟帶她踏出童年最後的一步，完成了她人生裏最單純的階段。從今，成年人複雜的世界，成了她必須面對的功課。這時，班主任張老師已聞訊趕回來。小辛一看見他，淚水又控制不住，滑下臉龐來。

這天最後一節又是中文課，陳老師連一眼都沒看過小

辛，平時親切的微笑如今連影兒都沒有了。同學們稍有打瞌睡、聊天的，她就借故宣泄一番，說什麼「不把她放在眼內」呀，「欺人太甚」呀，讓大家又糊塗又害怕。一個男孩忍受不住無聊，頑皮了一下，不慎把桌子弄響，竟然給罰留堂！平時也說得上慈藹多話的陳老師，今天忽地變成一個完全惹不得的敏感小老人。同學們說她的「更年期」提早開始了。

粒仔看着沉默無聲的小辛，在書上寫道：「你得罪她了？」小辛一動不動，本來想把被冤枉抄襲的事情告訴他，但沒有機會說。其他同學偷偷交換眼色，根本不知道發生了什麼事。這時，馬老師又在門口出現了。跟上次一樣，她來找人。

「陳老師，可以借用你一點點時間嗎？我想找閔小辛。」她還是那一句。

陳老師冷淡地回應：「啊，找大明星，悉隨尊便！」

馬老師叫了小辛出去。走過陳老師身邊的時候，小辛聽到她向着全班說：「那些仗着運動好就無視其他學科、連課都不上的人，我最看不起。」同學一聽，知道老師在生誰的氣了，都鬆弛下來。馬老師聽見，即時回頭替小辛辯護：「陳老師，真對不起，我不過要了解一點點情況，小辛馬上就會回來。」陳老師直直地看着課本，回道：「我才不管呢。如今學校都把體育看作主科了，對校譽有幫助嘛。我們中文科算什麼！」

小辛用求救的眼神看着馬老師。馬老師臉色變了，可小辛看見她用勁把自己的情緒壓抑着，禮貌地向着教室高聲說：「陳老師，真抱歉。請不要責怪小辛，都是我的錯。」一說完，就拉住她跑到外面去，急切地問道：「張老師說你今天不會來練球，對嗎？我們要重選隊長呢。」

小辛說：「馬老師，我今天得回家看着媽媽。醫生說至少要陪着她兩到三個星期。媽媽的病……」

「媽媽的病？什麼病？一定要看着她的嗎？不過遲一個半小時回家……」馬老師有點不明白。

「醫生說，媽媽可能會自殺——她患的是抑鬱症……」小辛說到這裏，聲音沉下去了。馬老師呆住，一刻之後才慢慢走近來，把小辛擁在懷裏。小辛感覺到她包容的體溫。馬老師說：「原來是這樣。我明白那種病——

藥至少要服兩三個星期才慢慢生效，初服藥，情緒可能更動盪。」小辛用力點頭。那天，醫生給媽媽看完病，就把小辛叫進診症室，對她說了同一番話。

馬老師拿出紙巾，替小辛抹去快將溢出的淚水，說：「那你先回去好了，打球的事過兩個星期才開始也沒關係。」才說完，下課鈴聲就響了。陳老師從她們身邊擦過，一臉悻悻然，鼻子裏還隱約響起了「哼」一聲。小辛無法不想起阿詩那天扔下的那一句「白癡」。馬老師說：「你先回家吧，別理其他事了。我會為你和你媽媽禱告的。」小辛點點頭，跟馬老師道別，就回到教室裏收拾書包。

正要離去，馬老師又折回，問她：「媽媽在哪裏看病？」小辛道：「在我們家樓下的醫生那裏。」老師皺起眉頭：「很貴嗎？」小辛點點頭：「我們已到公立醫院登記排期，可是這頭幾個月還是要看私家醫生。」馬老師說：「不要怕，小辛，輪候的日子裏，我會支援你的。」

還留在教室的粒仔在旁聽見兩人的對話，歎了一口氣。老師離開後，小辛把一切都告訴了他。他很成熟地說：「媽媽病了是大事，給陳老師冤枉是小事。我是你的話，會分輕重。」小辛說：「我該去澄清嗎？」粒仔搖搖頭：「真正的誤會其實很少發生，每次發生，都因為先有偏見。有了偏見，解釋也沒用。她恨你是選擇，不是無知。只是，原因太難猜了。」小辛很驚訝：「粒仔，你真的只有十一歲嗎？」粒仔説：「不，我不足十一歲。你別忘了，我的智力年齡超過十六歲。」小辛笑了，用手摸摸粒仔的平頭，摩擦着手心的硬硬的小男孩頭髮，充滿友情質感。她非常慶幸自己有這樣一個知心好友。

回家時經過北場，阿詩她們都在熱身。莊莊看見小辛，微笑着打了個招呼。阿詩馬上瞪了她一眼。陳琳更傻氣地大叫道：「閔小辛，快換衣服，練球啦！」阿詩回頭吼道：「人家是縣級選手，才不會進這樣的爛隊呢！你叫什麼？不知所謂！」陳琳又嚇得伸舌頭，其他隊友還是一臉無奈，除了美美 —— 她像日本漫畫裏那些不知所謂的配角一樣，重複着阿詩的話，又説了一次「不知所謂」。

小辛揮揮手；她惦念媽媽，腿已經開始奔跑了。為了幫助媽媽在這兩星期內好轉，為了硬塞給她一千元的馬老師，也為了善解人意的粒仔，好心的陳阿姨，和不斷鼓勵自己的張老師，她就感到雙腿有力。生命又有了希望，那裏面只有一個陰暗點 —— 以後，該怎樣跟陳老師相處呢？

媽媽病了

亲爱的教练：

真为你开心，您説已经在县城裏遇见最好的针灸推拿医生，没想到糊里糊涂的小英子還會给您介绍好大夫呢。我相信您的腰部肌肉一定會漸漸康复。我在学校裏也适应得不错，遇上一些好老师；也交上了一位好朋友，他叫做「余立基」(听説那是因为他信教的父母讓他把自己的人生建立在基督耶稣之上)，个子很小，説話還是女孩子的声音，諢名「粒仔」。他是个天才儿童，听説智商接近 170，天文地理什么都懂，更厉害的是他好像看透了人性，才十岁，就跟我同班了，现在我们坐在一块儿。

我这边的情况却有点不好，我妈妈患上了抑郁症。原来妈妈一天到晚睡觉、头疼、腹胀、脾气坏，不愿意打理家务、也不想跟别人説話，连她曾多次提及的那一位姑婆，都还没去看望过（她是我们在香港唯一的亲戚）—— 原来这一切都只是病征。医生説幸而及早发现，大概服一年左右的药就會好起来。

姐妹们寄给我的新球鞋，非常漂亮，刚好合穿（不过我還捨不得穿呢），我看见她们写在鞋子上的亲笔签名，喉咙像有什么东西堵住了，説不出話来。請代我感謝每一位队友，尤其是小英子。随信寄上一疊我们学校的原稿纸（我觉得很漂亮，而且我只有钱买这种小礼物），請您分给姐妹们。

教练，我會很勇敢地面对生活的。

祝

早日康复

学生
小辛
敬上

二零零八年十月四日

5 同路人

這些日子，小辛覺得書包愈來愈沉重了。來香港幾個星期，其間的經歷，真是畢生難忘。從初三留級到中一的難堪；狹窄炎熱、雜亂的板間房，一大堆家務，接近六十歲的父親衰老的臉，媽媽的抑鬱症，排球隊裏充滿敵意的隊友，還有主觀、偏見的陳老師……小辛有時問自己：這真是我夢想中的香港嗎？

層層困惑裏，邱醫生用手托起眼鏡説話的樣子重現眼前。那天媽媽在醫生的診症室裏差不多半小時沒出來，小辛很焦急。她不斷往護士姐姐發藥的小窗裏瞧，每次都只看見她在微笑。她還説：「小妹妹，沒事的，醫生跟你媽媽談得好好的。你媽媽很健談。」小辛聽了，心裏寬廣了一些。她小聲問護士：「姐姐，我只有二百塊錢，夠不夠？」姐姐愣了一下，說：「噢，那樣啊？先別擔心，總有辦法的。我給你問問醫生去。」小辛趕忙說：「不，不，不要讓我媽媽知道！」姐姐又愣了一下，善解人意地點點頭。這時，門打開了，媽媽先出來，醫生把小辛叫了進去。

起初她沒法看清楚醫生的樣子，因為他一直低頭在托眼鏡框，好像那個框子礙着他似的。到他終於從病歷堆中抬起頭來，小辛一怔，這張臉真熟！不知道在哪裏見過。可是上一次她感冒，自己也見過醫生的呀，為什麼當時沒這種熟悉感呢？

「小妹妹，請坐。咦，你這校服……這不是我五弟的學校嗎？好了，言歸正傳。你媽媽——患的是抑鬱症。至於病因，十分複雜，相信跟她不適應香港生活有關。抑鬱症是情緒病，換句話說，是精神病的一種。」

小辛的眼睛一定瞪得很大了，醫生微笑一下，又托托眼鏡，說：「不要擔心，這不是說你媽媽發瘋了；絕對不一樣，你可以放心。不過，千萬不要輕看抑鬱症，那不等同心情不好——我和你都會心情不好。可抑鬱症是病，你要記住，那是一種病，絕不是一時間的心情起伏。不處理的話會很危險，你可以答應我，每天儘量陪着她嗎？」

小辛抽了一口氣，遲疑地點點頭。「醫生，我要上學。這是不是説我得請假？」

醫生皺起眉頭，想了一下：「沒有別的家人了？」小辛搖搖頭：「爸爸要上班。可是我們鄰房住着陳阿姨和她的小孫子，她可能會幫忙。」醫生點點頭，換了話題，說：「我先告訴你藥的服法。第一，這個橢圓形的，每天一顆，是調節劑，治本的，可以平衡你媽媽一些分泌不足的傳遞物質。這圓形的，要一同服，這是鬆弛藥。兩種藥都可以在晚餐後服用。服後你媽媽會覺得睏，那你就要讓她早一點上牀睡覺。」「媽媽一天到晚都很睏。」「小妹妹，那是病徵。其實她夜裏一直失眠。」小辛這才恍然大悟。

醫生繼續説：「我下面説的話，絕不能讓媽媽知道——她這種病一定要好好照顧，不然會有自殺傾向，尤其是頭兩週。十多天後，她就會慢慢調整過來。」小辛這才放下心頭大石，醫生又説：「可是，她大概要服藥一年，每個月至少覆診一次。」……

想着想着，已經回到家門了。那天，邱醫生只收她兩百塊錢。至今，媽媽服藥已十天了。陳阿姨一開門就説：「你媽媽今天跟我説話呢。」小辛説：「真的？太好了。醫生説媽媽會在兩星期內慢慢好轉的。陳阿姨，我爸爸一定會把錢還你。」陳阿姨裝作生氣道：「你這小鬼真多心！去，去，快去看看她。」

小辛跑進板間房裏，看到媽媽束起長髮正在打掃。「媽媽！」媽媽笑了：「你回來了？你怎麼沒有練排球啊？」小辛向前撲去，把媽媽擁在懷裏。這時，小洛洛忽然出現，他看見小辛抱着媽媽，竟然吃醋了，用盡全力要把媽媽推開，自己抱着小辛的腿。媽媽和小辛都笑了 —— 雖然小洛洛在哭鬧，可媽媽起來了啊，小辛覺得很快樂。

小辛多在上課前練球，早上比較匆忙，但她還是先買了麪包放在爸爸媽媽的牀頭，自己也吃一個才上學去。有

時媽媽會先醒過來，有時爸爸會跟她聊聊天才上班。小小的房間成了溫馨甜蜜的小窩，一家三口愈是擁擠，就愈是親密。小辛兒時跟媽媽各住一個房間，小辛睡在隔壁，但她不時會撒嬌，鑽到媽媽牀上睡。只是，爸爸回鄉的時候就不能這樣了。如今，三個人堆堆疊疊地生活在同一個小空間裏，反覺開心。

每早上學前，小辛必先問媽媽有什麼計劃。最初幾天，媽媽說要打掃打掃。可是才幾平方米的板間房，有什麼可以打掃呢？這樣又過了一個多星期，媽媽竟然做了飯等他們回來吃。小辛來港差不多兩個月，陳老師和阿詩依舊對她冷言冷語，但那都不要緊了，媽媽日漸康復，小辛的心也漸漸安頓下來。

晚上回家，媽媽早把家務打理好了。不過，她每天都問小辛為什麼下課不留在學校練球，說來說去的，越發囉嗦了。小辛很想把醫生的話告訴她，可她沒說。她怕不好的事說了出來會真的發生。於是她只回答自己會在幾天後恢復練球，別的就都隱瞞了。

這一天晚飯時間，爸爸帶着工資回來。他首先把一千元抽起，偷偷放進一個舊信封裏，趁媽媽去洗手，趕快讓小辛放進書包，好還給馬老師。媽媽回到房裏，他卻説要上廁所，其實是拿二百元去還給陳阿姨。這一夜，小辛跟爸爸媽媽在一起，感到飽滿的幸福就在他們中間蕩漾。她趕快把碗碟洗乾淨，就回來跟爸媽聊天。

媽媽洗澡的時候，爸爸把小圓凳拉近坐在牀沿的小辛，用很低的聲音説：「小辛，那二百元我還給陳阿姨了。可是，少了二百元，我們這個月就難過了，何況還要預備你媽媽月底看病的錢。」

「爸爸，有辦法！我走路上學，可省下一點交通費，而且這樣做可以提升心肺功能。」小辛心情還是很好。

「這也好。不過，別讓媽媽知道。」爸爸還是煩惱，「公立醫院還要排好長的隊呢。不過，我希望那時你媽媽的病已經全好了。」

「我下課後可以去打工。」

「傻孩子，香港政府是不容許十五歲[2]以下的小朋友打工的。」爸爸見小辛那麼懂事，撫着她的短髮，安慰地笑起來。

突然，媽媽又出現在房間裏：「你們可不用擔心家裏的經濟啊，媽媽去打工才對。」原來她洗過澡，回來時聽見他們剛説完的幾句話。父女倆一驚，一同叫起來：「你在生病啊！」媽媽説：「是醫生叫我找工作的。他説我吃藥兩三個星期以後，就可以開始做事了。」她剛洗了頭，用毛巾包住滴水的頭髮，臉色紅潤，看起來精神多了，開始有一點像年輕的媽媽。她一把拉住小辛，從頭到尾看了她一次，説：「小辛，你知道媽媽什麼時候最開心嗎？」

小辛搖搖頭，聞到媽媽身上肥皂的餘香。「就是看你打排球的時候。你一定要好好打球，我希望你有一天能夠代表香港特區出賽——不過，不必有太大壓力，你能代表學校就很好了，到時我一定會去看你比賽。我知道你這陣子很乖，一直在陪媽媽，但我現在好多了，你明天就開始練

2《聯合國兒童權利公約》(1989 年)，國際勞工組織的《最低就業年齡公約》(第 138 號，1973 年)，以及國際勞工組織發佈的《禁止和立即行動消除最惡劣形式的童工勞動公約》(第 182 號，1999 年)，不得雇用年齡低於完成義務教育所需年齡或十五歲。

球吧。」原來媽媽都知道了。小辛挨在媽媽懷裏，快樂得把爸爸的話擱了下來。

媽媽服藥睡去了。小辛看見爸爸靠着小露台抽煙。小辛走過去，說：「爸爸，你不要抽煙了，睡覺吧。」爸爸看看她，說：「不錯，不抽煙能省下一點錢。」小辛這才記起他們的困難並沒有消失，不過暫時沒那麼迫切而已。她決定了，從明天起要走路上學和回家，把一點點的車資省下來。

這一天，小辛六點多就醒來了。她一起牀就想到粒仔已經跟着他爸爸去緩跑，馬上精神抖擻，覺得自己並不孤單。她先穿上老師轉送的排球運動衣和舊得像脫毛鵪鶉的爛球鞋，又把校服裙子小心摺疊好，用塑料袋子套住，放在背包的書本中間。另一個塑料袋子裏放了皮鞋，然後把這一切統統塞進背包。她要這樣步行四十分鐘到學校去，然後參加排球隊一小時的訓練。出門的時候，連爸爸都沒醒來呢。「爸爸，我沒買麪包，請您照顧媽媽。」小辛留下便條，就起行了。

清晨的空氣特別清新，街上只有零星的行人，大都是行動有點不靈的老奶奶老爺爺。他們有些把抬不起來的手臂勉力舉起，有些踏着只有幾寸長的碎步子，用勁而緩慢地往前移動，可能是一些曾經中風的老人。搞清潔的中年嬸嬸垂頭喪氣地拖拉着大掃帚，反而疲態畢露。

小辛切實地感到自己身手靈敏和充滿活力，對此更是珍惜。夏末天氣依然有點熱，她快步走着，想着將要省下的幾塊錢，就有一種滿足的感覺。反正一會兒練球也會出一身汗，先來個熱身難道不好？何況香港中學生的體能訓練要求遠遠不及縣隊，多走一段路，身手或可保持得更好。這樣想着，步子不覺又加快了。

漸漸，小辛注意到自己走路的節奏來自一種內部的呼喚。她很集中地看着自己擺動的前臂，幾乎感到生命在膨脹。十四歲的她比許多阿姨高大，但還不過是個中一生，要多少年才能出來養家呢？想起剛才那位清潔嬸嬸臉上那種頹喪和焦慮，她再加快步伐，幾乎是在小跑了。

「喂，你怎麼又忽然加速啊？步伐應該穩定一點嘛。」有人用普通話跟她説話。她認得這聲音。是那天在球場上

幫她拆球網的高班大男孩。「認得我嗎？」這一句卻是廣東話。小辛回頭爽朗地一笑，點點頭。那種熟悉的感覺油然而生。她短短的頭髮揚了一下，晨光之下，像一陣黑金色的風，叫後面的人看呆了。

大男孩也穿着學校的運動服，正疾步追上。「你的體能真不賴，不愧是縣隊球員。嫌學校裏的體能訓練不夠嗎？」小辛這才注意到他。可愛的小方形下巴中間有一道隱約可見的小溝，臉頰的線條卻是柔和的，粗大的眉毛，黑皮膚，單眼皮，潔白而整齊的牙齒。一看就知道是個北方人。「你知道我是縣隊的嗎？」小辛問。

「起初不知道，現在全校都知道了。阿詩那麼大聲到處説的話，誰能聽不見啊？嗨，你知道我的名字嗎？」

小辛一面搖頭，一面有意識地保持着腳步的速度。

「哈，我以為我大哥説了呢。我大哥就是——你猜猜是誰？」大男孩故意賣關子。

小辛看着他汗光閃閃的臉，忽然想起了什麼。「啊，你就是邱醫生的五弟嗎？難怪我看見邱醫生和你的時候，總覺得臉熟。」小辛幾乎肯定了，但她忽然懼怕起來，她怕媽媽的事讓人知道，畢竟她患的是精神病。一時恍惚，腳步就慢下來了。姓邱的男孩子卻一直快走着，不意竟把小辛甩在後面，可是他不曉得，還自顧自地說：「我叫邱子華，我大哥就是邱子運醫生。大哥說他知道你的名字。你是他的病人嗎？」

小辛聽了，心裏一寬。邱醫生果然有醫德，沒有把病人的事到處宣揚，連弟弟也沒說。不知怎的，這一刻，小辛卻希望邱子華知道媽媽的事。她對他產生了一種莫名的親切感和需要感。是因為他會說普通話？是因為他也打排球？還是因為他是邱醫生的弟弟，會明白病人的感受？「我沒病，是我媽病了。她患了抑鬱症。」這時候，小辛才緊跟上去。

邱子華「啊」的一聲，停住腳步。

「嗯？這很嚴重嗎？你別嚇我，你的醫生大哥可沒有這樣說啊。」小辛的腳步也霍地停住了，兩個人就這樣站在公園旁邊，只顧喘氣。子華看看腕錶，又慢慢開始走路。他心裏認定要照顧這個小妹妹，她好像是天父上帝放置在自己身邊考驗他愛心的孩子。

他看着小辛憂心的臉，認真地說：「我奶奶就患過嚴重的抑鬱症，而我們一家竟都沒察覺……你別怕，那是十年前的事了；現在，抗抑鬱的藥物已經有了新的發展。那時我只有七歲，剛懂事。我大哥從醫學院畢業後第二年，就去了非洲做義工。出發前奶奶多次勸他、甚至求他留下，他都堅持要走。後來也真的成行。那時候開始，奶奶的脾氣就變壞了。」

「奶奶是不是老睡覺，跟我媽媽一樣？」小辛聲音顫抖。

邱子華搖頭。「如果光是睡覺就好了。奶奶本來是慈和的老人，可是大哥走後，她一天到晚罵媽媽，罵爸爸，我幾個哥哥當然也挨罵了（但她不罵我），她還把菲傭姐姐一個一個地趕走。爸爸媽媽下班回來，還要忙家務直到深夜。最後，爸爸媽媽和哥哥們都搬走了，只剩下我跟着她——那是因為她實在疼愛我。我還小，學校離家比較近，我不肯轉校，也不肯離開奶奶——大哥是她的嫡孫，由她帶大，奶奶看他如命根；我是最小的，也很受寵。」

小辛一面聽，一面冒汗 —— 媽媽會不會有一天變成這樣子？「那你怎辦？」

「我就跟着奶奶過日子啦。星期六爸爸媽媽回來吃飯。你知道嗎？那時候我也以為大哥死了。」

「為什麼啊？」小辛很驚奇。

「大哥是用互聯網跟爸媽他們聯絡的。奶奶不會上網，家裏連電腦都沒有。她多次對我説大哥一封信都沒寄來，一定是給非洲人吃掉了。」

小辛哈哈大笑起來。邱子華嚴肅地看着她，説：「你不該笑。」

「對不起。」小辛警覺到子華眼神裏的悲傷，心裏內疚。

子華耐心引導小辛去理解他當日的心情：「奶奶一提起大哥就抱住我哭。爸爸媽媽每次來看她，都試圖説服她，但她不信。我那時很小，也真的沒見過大哥任何信件，如果是你，你信不信奶奶？」

小辛想了一會，輕輕點頭。子華的故事繼續：「終於，爸爸媽媽吩咐哥哥寫了明信片給奶奶。」

「是呀，早就該這樣了。」小辛如釋重負。

「可是奶奶不相信那是真的 —— 她是文盲，認為那明信片是媽媽偽造的。後來爸爸沒有辦法，就讓大哥打電話回來。」

「那事情就解決了，對嗎？」

子華搖搖頭。

小辛頗為驚訝。子華說：「奶奶輕輕對我說，那是二哥在扮大哥的聲音。—— 你別笑，我當時想的跟奶奶一樣。我還向着電話說：你是二哥嗎？—— 可能是長途電話，大哥聽不清楚，就說：華華，是呀，是我呀。我告訴奶奶，她就掛了線，蹲在地上哭了，直哭到暈倒，我坐在她旁邊好久，她才自己醒過來。」

「那你們怎麼辦？有沒有告訴你大哥？」小辛聽得投入，她開始感覺到奶奶的痛苦了。

「我們那時候不知道奶奶患上嚴重的抑鬱症，只知道她人非常焦慮、脆弱。爸爸只會不停勸她不要鑽牛角尖，可爸爸愈是這樣說，奶奶就愈覺得爸爸不理解她。爸爸媽媽那時多次發信息給大哥，叫他馬上回來；可大哥說必須做完手上的工作才能起行。」

小辛聽到這裏，直覺告訴她，奶奶要出事了。她小心翼翼地問：「奶奶她……最後看見了大哥沒有？」

子華沒表示，靜靜走了很久，才說：「你媽媽一定沒事的。」小辛正要再問，子華說：「看，到學校了，我們跑過去吧！」

6 馬老師「偏心」

學校球場上還沒有太多人，可是，男子甲組、丙組和女子乙組排球隊都在熱身了，三個球場佔用了兩個。兩位體育老師剛從更衣室走出來。這時阿詩蹲在地上綁鞋帶，甫抬頭就看見小辛和子華並肩走進校門。她心裏一陣抽搐，看了一眼，又裝作沒看見。

子華把小辛送到北場來，一面説着一句話，阿詩聽得清清楚楚：「下一次你到我大哥那裏，跟我説一聲，我們一同去。」阿詩的震驚非同小可 —— 他們怎麼已經熟落到這種見過家人的程度了？她單腳蹲在地上，用眼角瞄着子華漂亮的鞋子「紅羚羊」輕靈地跑到對面的球場。

馬老師走過來，她一停下就站到小辛身邊：「家裏情形怎樣了？」阿詩的眼睛簡直要冒出火來了。校內的排球明星、自己的白馬王子邱子華，還有最受歡迎的馬老師，怎麼都給閔小辛收買了？

阿詩霍地站起來，開始奔跑。本來這不過熱身運動的一部分，可是她跑得很快。後到的隊友漸漸加入，都不大跟得上。馬老師看見了，卻不做聲。她交臂側頭而立，就要看看大家的體能。小辛跟在阿詩後面，對她來説，這一點難度都沒有。莊莊也跑得不錯，但是因為她比較矮，步幅小，幾乎是在衝刺才跟得上。月輝起初還行，但漸漸開始搖頭；她還跟着跑，不過因為有強大的意志力。只有長腿的小辛跑起來步幅大，步履輕，好像在水面上飄。

阿詩聽見一組腳步從容地跟着她，扭頭一看，知道那是小辛，心裏更氣，不期然又加了速。小辛感覺得到她那種強大的敵意，也開始快起來。

兩個女孩同時跑在前面，小辛一點沒落後，只是也沒有超前的意思，對運動員來説，這只是起碼的禮貌。這時，老師忽然叫道：「再跑兩圈就打球了，只不過熱身，別浪費體力！」這樣簡簡單單一句話，解救了很多平時不注意鍛煉體能的女孩子。

只有阿詩仍咬着牙在跑，臉上的不知是汗水還是眼淚，她心裏的仇恨在燃燒。馬老師的「偏心」也太出面了，阿詩想，她一直拖延重選隊長的時間，直等到小辛歸隊；現在又故意任由她這樣「壓迫」自己，這不是要讓她出鋒頭、叫自己丟臉嗎？

終於跑完了。阿詩抱着肚子在喘氣，小辛卻站得直直的，氣定而神閒，還走過去幫老師拿排球。她一直忘不了子華奶奶的故事。他想說什麼呢？媽媽會不會變成這樣？天空難得地藍，紫外線指數一定很高，但她仍不時抬頭往上看。

她想禱告，為媽媽，為爸爸和可愛的洛洛，為失去奶奶的邱醫生和邱子華，為自己和陳老師的關係……可是她不知道該向哪一位神禱告，更不知道天上有沒有他們口中的上帝。她只是想媽媽好起來。阿詩的敵意和競爭心，對她來說，如今不過是一種小小的騷擾。可是，她很清楚自己的性格——阿詩雖然不能傷害她，可蚊子來了，她還是會一手拍下去，決不手軟；雖然有時候也會覺得自己過分用勁，這也不好。

小辛一時失神，沒注意到同學們一起大叫是為了什麼。大家往一個方向奔跑的時候，小辛才看到原來阿詩暈倒在地。後來大家才曉得她沒吃早點，也跑得太用勁了。

阿詩得去醫療室躺着，馬老師讓一位風紀同學陪着她，又回到北場上來。臨近賽季，她不能再拖拉了，一定要把新隊長選出來。

麗松問：「不等阿詩的一票就開始啦？」老師説：「那還不容易？一會兒去問問她就好了。」美美還是追問：「可以選她嗎？」老師笑了：「當然可以啊。」莊莊説：「老師，當隊長須有什麼條件？」陳琳回應：「我認為打球要打得特別好，打不好怎樣當隊長？」美美悻悻然小聲道：「那還用選？她一定當選啦。」説的時候，用眼角瞟了小辛一下。

馬老師向美美正色道：「閔小辛還不能當隊長——第一，她來了，球隊就開始出現分裂的情況，當隊長的人不能夠這樣——儘管這不一定是她的錯。她還是得先表現出讓人折服的風範來，才能成為領袖；第二，她來香港不過一段短日子，還須要適應，家裏也有讓人煩惱的事；第三，她才加入球隊，資歷和經驗還不夠。打球的實力可以讓她當上正選，但這和做隊長是兩碼子事。」

這三個理由，同學們聽了很驚奇。她們一直以為馬老師偏心小辛，可是這一番話，叫大家（包括美美）都很折服。原來老師還真是十分公正的。

「可是……阿詩實在有點……有點……」說話的是莊莊。

「可是什麼？你說呀！」美美聽見她要抨擊自己的「好朋友」，一開口就咄咄逼人。

「她實在有點霸道，經常要我們做這個做那個的！」陳琳不知道哪來的勇氣，説了莊莊想說的話。好些隊友都勇敢地點頭。美美看着，氣得眉毛都挑高了。她覺得自己比所有人都「夠義氣」，她想：我是不會出賣阿詩的！

「我選莊莊，可以嗎？」有人提議。美美馬上反應：「我選阿詩。」中四的紫茵也獲提名，只有小辛沒有。她有一點點難過，可是她想，自己不過中一，還要顧家，沒有人提名倒是一件好事嘛，腦袋這樣一轉，又開心起來了。

正想着，老師問：「小辛你想投誰的票？」小辛把她的票給了莊莊。她不大清楚莊莊是不是好人選，她只知道莊莊這時該從阿詩的陰影中走出來。最後，不在場的阿詩以兩票之差輸給了莊莊。

中三的莊莊當上新隊長，她一臉通紅，看起來感覺很複雜。她大概一方面感到害羞（她從未想過自己會當選），因為連中四的學姊都輸給她了。她可能也有點怕。她現在的位置原來是阿詩的，她會不會恨自己？小辛此時卻對着她友善地笑起來，她要鼓勵她。莊莊看見小師妹一點都不怕，又覺得有了勇氣，也覺得內疚。可不是？她曾經為了討好阿詩，專門給小辛升壞球，哪有資格當隊長呢？……

這時，老師又剛說完一句話，大家一起用力拍起手來。小辛第一個大叫：「請莊莊隊長多多指教！」大家馬上加入：「莊莊，你是我們的『熊貓』[3]哇！」「升球手往往給忽略，其實球技都是第一流的。」連美美都說：「你做隊長

3「熊貓」，前國家女排隊長馮坤的暱稱。隊友這樣叫表示親密；球迷這樣叫是說馮坤技術一流；她和熊貓一樣，乃中國的「國寶」。

也好，起碼往後不會給人指指點點。」她說話時還是用眼尾「戳」了小辛一下。小辛以正直的眼神鏗然接招，美美反而有點退縮了。

馬老師為了儘快開始練球，說：「副隊長由隊長決定。」莊莊聽見嚇了一跳，一臉焦急。「老師，我不懂的……大家……提個名字……」可說到這裏，看着老師鼓勵的眼神，漸漸恢復了信心。如果自己連這樣的事情都要交還給老師，就不配當隊長了。於是她鼓起勇氣，指着小辛，用姐姐的語調委以重任：「閔小辛，我邀請你做我的副手。」

大家本來就佩服小辛的實力，只不過沒有勇氣「忤逆」阿詩和美美，現在莊莊帶頭，大家又起鬨了，好啊好啊地叫起來。小辛有點驚奇，但很快，她就接受了事實。「好的，我一定會努力。師姐們，請指教！」同學們一同歡呼起來，好像一支奪胎換骨的新球隊，充滿信心。她們卻沒察覺到阿詩已經下牀，臉色蒼白地站在場邊，眼睛要噴毒液一樣，發出黑色的光。

7 光榮與幸福

星期三下午的初中週會到了。今天除了禱告、唱詩和聆聽校長的幾句訓話之外，就是中一、中二組別的常識問答比賽。

小辛第一次坐在禮堂的舞台上，有點不自然，她更怕自己一開腔就是普通話，台下同學聽見會笑；令她更覺不舒服的是粒仔的矮小，這顯得她特別高大、突出、不自在。

這時，右邊的粒仔小聲說：「別胡思亂想，集中精神注意副校長的提問，沒有把握不要按鈴。我知道你們會答的，會幫你們先按鈴並且拖延一兩秒，你們只要思考、答題就好。」小辛和左邊的同學江美雅一起點頭。副校長清一清喉嚨，說第一回合要開始了，在這個環節裏，每一組都要回答十道題目，範圍包括時事、科學、運動、人文知識、數學等常識；但他們沒預算過，數量最多的原來是兩文三語題[4]，例如「說出『鉛筆刨』普通話的名稱」一類。

幾個星期前，班主任張老師挑選出賽同學，大家都以為平時整體學業成績最頂尖的張宇朗、李慶賢和陳美蘭一定當選。可是，張老師認為讓他們出賽不是最好策略，他們反倒要做好幕後英雄的角色，幫忙設計練習題目。

老師又說，「隊制常識問答比賽」需要比較「專」、「闊」以及「反應特快」的人。也就是說，學業成績平均分達到八十五、但沒有一科能取得九十五以上的同學，不是最適合的選手。後來大家才知道，老師選人的方法是首先挑出兩文三語的尖子，因為這種題目最多。江美雅從英國回流，英語頂呱呱，小辛中文、數學好，但更重要的是她說得一口標準流利的普通話；此外，張老師要選心算快、程式熟的同學，這就非粒仔莫屬了。至於一般常識，江美

4 在香港，「兩文」的意思是中文、英文；「三語」的意思是母語（廣東話）、普通話、英語。

雅熟悉歐美的情況，小辛對中國瞭如指掌，粒仔對時事追蹤最貼，且是香港掌故王，張老師認為這三位同學絕對可以互補不足；聯手出征，必定可以直搗黃龍。

一定了人選，張老師就愈來愈興奮，好像已經拿下冠軍一樣。現在想起他當時紅光滿面、説話説出一臉油的樣子，小辛仍覺好笑。老師繼而提起當年他參加校際賽的光榮史，整整説了十分鐘，後排同學聽得哈哈大笑，前排的粒仔和小辛卻要「冒雨」聆聽張老師的英雄事迹。粒仔只好借故把許多小物件，諸如橡皮、尺子等東西推到地上，然後低頭逐一撿拾，躲過老師任性飛揚的口水花。接着，老師用了幾節數學課和全班玩問答比賽遊戲，三位選手輕鬆地完成了訓練。……

厲害！第一道題目果然就是普通話題！「請用普通話讀出熒幕上的句子。」小辛毫無難度就讀了：「有朋自遠方來，不亦樂乎！」接着問的「中山陵[5]在中國哪一個城市？」也讓小辛回答了。英語填充「A _______ stone gathers no moss.」當然成了美雅的囊中物：「A rolling

5 中山陵在南京。

stone gathers no moss！」她順口就說了，禮堂裏的同學只有小部分聽得懂。其他題目，諸如太陽系有多少行星一類的知識，粒仔沒有一條不會。第一回合，他們取得滿分。粒仔雖然胸有成竹，但因為太矮，坐着不就手，答了第一題之後就索性站起來按鈴，此事後來也成為全場佳話。

幾個回合過去了，他們和中二「信」班的代表實力相若，兩組績分叮噹馬頭，一時這隊領先，一時那隊趕上。最後，來到搶答回合了，小辛他們落後不多。主持老師播放了一段英語短片和一段普通話短片，他們又拿了高分，差一點點就追平了。

到了最緊張的關頭，題目是這樣的：「前中國女排主將郎平……」小辛很焦急地按下了鈴——叮鈴一響，老師卻叫道：「中二信班！」小辛雖然敏捷，原來仍不夠快；中二「信」班的代表馬上回答：「美國！美國女排教練！」副校長一笑，慢條斯理地把問題再說了一遍：「前中國女排主將郎平——即今日的美國女排教練——做運動員時有什麼美稱？」小辛再次按鈴，這次她成功了：「『鐵榔頭』！」普通話衝口而出。就這樣，這個原來無籍籍名的中一「望」班，竟然打敗了學長，成為冠軍。

禮堂內的同班同學固然扯盡喉嚨大聲歡呼，就連同級的中一同學也興奮極了，畢竟他們打敗的是中二的隊伍啊！全場轟動的情況持續良久，答了最後一題的小辛成了全級的英雄。江美雅擁抱着小辛，粒仔則揮拳吼叫，跳來跳去。他不但矮小，動作也滑稽，於是大家的喝采漸漸變成哄堂大笑，連中二的學長都哈哈哈地人仰馬翻。禮堂裏好久沒有這樣熱烈的場面了。雖然一直以來自己用的是校簿、筆記紙，穿的是校服，但到此刻走下舞台梯級的瞬間，小辛才第一次覺得自己確實是學校的一份子。

回到教室，張老師答應請全班同學吃巧克力，大家再度鼓掌大叫；他說，三位同學每人會得到一本書以作獎勵。說完，馬上從皮包裏拿出一大盒巧克力和三本書——看來他早就知道他們會贏！小辛看見，即時跟粒仔打了個眼色。粒仔說：「一點不奇怪，我跟老師的想法一樣。」小辛心裏充滿得到信任的歡喜。

張老師叫江美雅的名字。她得到的是什麼？原來是一本大學退休教授悉心編寫的《唐詩新選》。粒仔呢？奇怪啦，那是什麼啊？竟然是一本自學打乒乓球的教本，圖文並茂的呀，裏面有一張照片，那個瑞典選手打球打得非常用勁，連嘴巴都歪了，真可愛！小辛更感困惑：她手上拿着的是《傲慢與偏見》的簡單英語故事本呢！

粒仔笑了，說：「謝謝張 Sir！」美雅也笑了，同樣謝過老師。小辛拿着英語故事書，百感交集 —— 自己的英語太爛了，不如和粒仔交換吧？粒仔搖頭，小聲說：「看，老師真細心。他知道我們在這種光榮的時刻可能會驕傲，就用禮物提醒我們。美雅要多讀中文；我該多運動，才能快高長大。你呢？要在英語上下工夫。不能換，你得領受老師的心意。」

小辛很感動，說：「張老師，我一定把這本書的每一個生詞都學會、學透。」老師卻說：「不要給自己壓力，其實那是非常好看的書（我太太看了起碼五十次），當中的語言幽默，叫人讀着就愉快。看書是享受，不要看作苦差。來，我們吃巧克力吧！」

我愛廣東話

親爱的教练：

過了这么久才回信，对不起。我有一个好消息要告訴您：我妈妈正渐渐康复，服药的剂量虽然不重，但她明显開朗起来了。您的腰呢？推拿针灸有效吗？我爸爸说，中醫疗法比光服西药奏效多了。教练，您不可以懶惰，要定时看中西醫，还要做適量運動啊。

這段日子有一点忙，主要因为我当上了排球队的副队長，帮队長做一些零碎的工作。现在位置確定了，我還是跟以前一样当主攻手。今天老师给我量體高，您知道吗？我還在长高，现在一米七一啦！在球队裏，只有章泰诗有我這么高。過去一星期，我更要预備参加班際常識問答比赛。我讓老师選出来做班代表呢。最初，我因为不會说广东話而感到不安，更不明白老师为何要選我，但後来发现我的普通話竟然成了致勝的工具！我們班赢了，我成了大功臣，很開心！香港现在推行两文三語，我要加油学会广东話，否则我就只有两文两語，那就白到香港来了。

您一定有听過广东話吧？這方言有好多声調，講起来像唱歌。粒仔告訴我，现在世界上只有两种語言能够以本身的声調成歌，而广东話正是其中之一。普通話有四調，广东話却有六調；六調之外，还把三组"入声字"（即是用"p"、"t"、"k"结尾的字）再细细分类，总共有九声那么多，我還未把变調算進去呢！我起初觉得這实在太难了，可是努力学了接近两个月，很自然就学會了，虽然我的北方口音還是很重，但我知道，我的广东話遲早會講得像香港人一样好，而普通話也一定不會丢失。我总觉得，能説普通話，又能講广东話，是非常有利的。

我以前認为中國只要有普通話就够了，原来這很傻。我从来没想過，唐代詩人写作時用的語言，跟广东話更接近，也就是説，如果我们会广东話，差不多就是懂得中古时代的中國話了。粒仔曾用广东話念了几首唐诗给我听，悦耳极了。广东話虽然只有几个百分点的中國人说，可它保留着很多中國中古文化，而且像音乐那样美。广东是沿海省份，開放得早，所以語言活泼生动、变化多端，粒仔説單是这一点，就值得用尽方法去保育，那是我們國家無可取代的文化遺产。——这一切，教练，全都不是中文老师告訴我的（她对同学作文裏的广东話一点不能容忍，可她的普通話卻很爛），我真正的好老师是我身邊這位刚满十一岁的粒仔同学。您説他厉害不厉害？

下一次回縣城，我會带你一张CD。那是香港最著名的粤剧名家唐滌生先生写的粤剧片段精选。他很厉害，能作曲，能填詞。粒仔説如果國家要保育广东話，唐先生的作品一定是最重要的文献。他和我在学校裏的圖书馆听了几次，很好听的。我會教您分辨那些声調。粒仔和我還在公園里合唱过呢，他去旦，我去生，我要壓低嗓子扮男孩；他呢，年紀太小，声音高得像摩天大厦，壓不低，只好做花旦。

請代我问候所有的姐姐妹妹，尤其是小英子，我老想着她，好想教她唱粵曲。我真希望暑假有机會回来看你們，跟你們打球，胡闹。（大家送我的排球鞋我還捨不得穿，不過，我的旧鞋子真的快「鞠躬尽瘁」了。也许到了比賽前两个星期，我會先拿出來適應適應，希望到時我的腳掌不會長得太長。）

祝

健康

爱您的学生
小辛
敬上

二零零八年十月二十九日

8 歷史新低

又過了一個多月，媽媽的情緒和精神緩慢地好起來了。知道小辛在學校漸漸適應，天天交上新朋友，她放心多了，如今每日在家裏做飯，還做針黹，縫縫補補的，把一間狹窄的板間房打扮得精緻舒適。她開始像以前一樣，拿舊破牀單改造成桌布，還用精美的針步緄了邊，鋪在那可以摺起來的桌子上；又把破毛巾剪開，封了邊，較舊的部分做碗布，好看的那邊給小辛帶回學校洗臉，有時還繡上小辛的名字。一次莊莊還問那是從哪裏買的，小辛為媽媽自豪，還請她給莊莊做了兩塊。

可是媽媽和爸爸的話還是不多。有時候陳阿姨上街，媽媽幫陳阿姨帶洛洛，陳阿姨就付她二十元一小時的工資，媽媽開心地用一個鐵盒子存起來，說要留給小辛讀書用。爸爸每天只抽五支煙，走路上班，小辛也半跑着上學，一下課就回家陪媽媽。日子豐盛自在；不過，生活也不是沒有瑕疵的。

這一天，陳老師又帶着一杯（那是有小耳朵、放在碟子上的白瓷杯）冒煙的鐵觀音來上作文課。她總是那樣子教書的，作文課嗎？把一個題目寫在白板上，自己呷一口茶，改一張卷子，讓同學們自己胡亂寫；默書課嗎？一律背默，她只會把背默範圍的第一句和最後一句寫出來，中間加上一個省略號。誰談話了就罰。

她罰人的方法很奇怪，就是讓那個同學不斷朗誦她寫的一首千字打油詩。如果同學聲音太大、太小、太沒勁兒，她就罰另一人陪他讀，還指明原來的同學「累街坊」。至於這另一人是誰，那就要看她的心情了。兩人同誦這首〈老師之歌〉，若還是讀得不好，第三個人就得站起來加入。有時候，大半班同學都站了起來，陳老師的氣還是下不了。可是，這樣的一首詩，任誰來念都有點肉麻吧？

人生本來是白紙，進入學校才識字。
茫茫人海相遇見，最應尊敬是老師。
傳道授業又解惑，犧牲青春為小兒。
甫入社羣即執教，夜夜改卷睡得遲。
不計工錢有多少，作育英才乃吾志。
……

念這樣的「詩」，真叫人難堪。可是，同學們畢竟都背熟了，全班還左一句右一句地改動了文字，把它變成廣東話的「搞笑版」：

廁紙本來叫草紙，住在廁所聞臭屎。
茫茫人海難遇見，竟然遇見陳 Auntie。
全程受罪又困惑，睡眼惺忪難支持。
甫入班房即放蚊，怕發噩夢卻遲疑。
不計中文識多少，但求快點換老師。
……

同學都有點頑皮，男孩子更甚，好些老師連秩序都管不了，可是大家都怕念陳老師的詩，更怕像張之允那樣，不慎念錯了新版本，給她抓去見訓導主任，所以上中文課時都裝出一副乖乖的樣子，其實大都在做白日夢，陳老師的笑臉也因此漸漸消失了。

今天這作文課，同學多半各懷鬼胎，準備胡寫四百字，然後偷偷看漫畫，或寫小紙條給好朋友，有些更想悄悄拿出學校嚴禁的手提電話來打短訊，真正想着寫好作文的人還不到一半。然而，陳老師今天很奇怪，竟然不再出那些用了幾十年的文題（例如什麼〈一宗交通意外目擊記〉、〈在茶樓上〉或〈人生與理想〉等等），反而在白板上寫了六個很大的字：「抄襲就是偷竊」。她還破例放下了那個英式白瓷茶杯，站起來為大家講解題目的要求。

小辛的情緒波動起來。陳老師原來一直堅持自己抄襲嗎？但她壓抑着屈辱，打定主意：一定要儘快把文章寫好，而且要寫得精彩、寫得有條理，讓陳老師知道自己的實力。再者，她一定要馬上把不開心的情緒忘記，因為她有太多開心事要去想、去做。

小辛打開原稿紙，很清晰地抄下題目。她開始了：「抄襲的人盜用人家的創作心血，據為己有，為自己取得分數、榮譽或酬報，所犯的錯性質與盜竊一樣，說『抄襲就是偷竊』是對的。我們絕不應該抄襲，或做同類的事，例如製作或購買翻版的服裝、手袋，翻版的電影、書本，翻版的音樂——不光因為這樣做觸犯法律，更因為這本身就是不道德、不公平的。」

陳老師今天沒有懶洋洋地喝鐵觀音了，她在行與行之間穿插着，不時用眼角瞄瞄小辛，好像要捉到她的不是；又在同學的位子前後走走停停，從不同的角度窺看小辛有沒有把什麼紙張、書本收在膝蓋上。當然她最後一無所獲，只看見小辛在埋頭疾書。她差不多把小鼻子埋進原稿紙去了。

其實小辛也看得見陳老師的身影在來回晃動，心裏的怒氣在亂竄，可她同時想起馬老師平靜安穩的樣子。那天，馬老師連連向陳老師説對不起，全為了自己。今天，為了馬老師，她也必須按捺情緒，用有限的時間和文字，清楚呈現自己的看法和寫作能力。她書寫時腦袋裏響起了許多詞句，那是一段又一段鏗鏘的普通話：

「不對的事，都不該做。抄襲，就是無理奪取別人東西。無論在什麼情況下，奪取別人的東西都是不對的。這種野蠻的行為之所以發生，有時候是因為懶惰、自私、貪心。有時候是因為嫉妒，例如一個人故意毀壞、搶走別人的聲譽，就是因為無法接受別人的本領比自己高；還有一種出於偏見和驕傲，他們認為對方根本沒有資格享用某些東西，就把它們搶走，好像幾十年前白人不容許黑人享有同等的公民權利，或某些香港人不容許新移民享用市民的權利一樣……」

陳老師看着小辛運筆如飛，偷偷地讀了兩三行，幾乎嚇壞了——她真的是個中一生嗎？一想到這裏，一股不理性的自辯就打從心底冒升：「我『食鹽多過你食米』，教學多年的經驗不會讓我判斷錯誤。幸好看得到你致命的弱點，哈！」

親愛的讀者，你記得某個大國把別人的家園炸得稀巴爛的藉口嗎？那就是對方有根本不存在的「大殺傷力武器」！現在，陳老師又去看其他同學的作文，希望看到一篇比小辛那篇寫得更好的。但他們的文筆差遠了，一個寫道：「抄襲就是偷竊，因為抄的人偷了被抄的人的東西，既然偷了東西，就是偷竊。幸好那個人不知道，不然就慘了……」另一個則寫道：「抄龍就是偷窩，因此，如果問過那個人才炒，就不算是抄龍了。我看見有人抄數學功課，抄的人和做的人都有一百分。但是，那個抄的人是問過那個做的人的，那個就是我。是我説可以炒的，姜維翔就不算盜竊了。如果他沒有問過我就算是抄龍，就叫做盜竊。……」簡直不知所云。

小辛把作文交上的時候，課堂還未完。老師瞟了她一眼。小辛也直直地看着她。目光接觸的一剎那，陳老師快快把臉轉開了。小辛偷偷抽了一口冷氣，用盡自己的意志力忘記陳老師那含糊、冰冷、不友善的目光。她回到座位，發現粒仔還在埋頭苦幹，就拿出張老師送的《傲慢與偏見》的簡本來讀。陳老師又經過她身邊，輕輕「哼」了一聲，不知是什麼意思。小辛不理她，依舊打開破爛的英漢小詞典，逐字查考、抄寫，然後默默背誦英語生詞的拼法。

第二天一早的中文課，全班的作文就發了回來——那是從未有過的事！以前沒有三個星期，陳老師是一定不

會發還作文的。小辛打開一看—— 第一段上面什麼都沒有，但下面的卻給打了一個大交叉，旁邊還有幾個大字和三個感歎號：「後半離題萬丈 !!!」小辛看看分數，語文：18/30，內容：18/40，結構 13/30，加起來剛好 49 分，不及格啊！小辛震驚地想：不會吧？她看看周圍同學的作業，大家雖然沒拿到高分，卻都及格……

為了這張作文卷子，小辛很不服氣，畢竟從小到大，她都從未試過作文不及格。她覺得有必要保留底稿，小息時往圖書館複印了一份。班上最緊張成績的李雅然知道她文字好，就問她拿來看，她也很大方地讓雅然讀了。雅然看完又傳給大家看。同學們都很驚訝，雖然同意內容扯得遠了一點，可也未至於不及格吧？更奇怪的是，下午陳老師就把作文全部收回，說要讓校長檢查云云。

放學時，小辛已把事情忘了，走到北場看大家練球。媽媽的病好多了，她也不必第一時間往家裏跑，可還是不放心練習兩三個小時。莊莊叫她留一會。她就放下了書包，衣服都沒換就跑了幾步、扣起球來。阿詩很在意小辛到來，但她愈在意，就愈打得不好。小辛看着她既用勁又狼狽的樣子，也為她感到辛苦。

馬老師來了。她一看見小辛，就把她拉住，小聲問：「陳老師在教員室高聲説你的課上作文果然不及格，證明你上一次是抄襲的。小辛，我實在不願意相信。你有什麼解釋嗎？」阿詩剛巧就在旁邊拍球，聽見老師的話，仍不走開。小辛一句話都不説，從書包拿出那篇作文的複印稿，讓馬老師細細閱讀。

老師讀完皺起了眉頭。她把稿子還給小辛，雙手按住她的肩膀，説：「小辛……不要難過；可是，我……沒有辦法。」她撫摸小辛的頭髮：「《聖經》裏有一句話：『伸冤在我』。小辛，你願意把這事交給天上的父親嗎？」小辛點點頭，説：「當然願意——假如真有一位公平公正的上帝。」

還沒説完，班主任張老師就從球場另一邊高聲叫喚小辛的名字。他正奔跑着，手腳因為太長而顯得有點不協調，那模樣有趣極了，小辛還未難過完，又忍不住笑起來。原來，他也是就作文不及格的事來問小辛的。自從常識問答比賽後，許多老師都認識了閔小辛，當日在教員室裏看着陳老師罵小辛的人，都認為陳老師搞錯了。

小辛讓張老師停下來，看着他紅紅的臉，就拿出自己的手帕遞給他。老師一手抹汗，一手取過作文的複印本細讀。他看看在旁的馬老師，又看看小辛，認真地說：「小辛，好好保存它。」馬老師也點點頭，但兩位老師都再沒說話。

雖然不知道保存這樣一篇低分的習作有什麼用，但小辛肯定兩位老師都有公道的心，他們正默默支持自己——這就夠了。小辛托起一個球，對張老師說：「老師接球！」張老師「啊」的一聲竟然把球接住了，不過不是排球的接法，而是籃球的接法，伸手把球抱在懷中，把整個排球隊都弄得笑彎了腰。馬老師笑他：「走錯球場啦，張老師！」

9 爸爸失業了

回家路上，小辛碰到邱子華，兩人同時開心地叫起來：「你不用練球嗎？」小辛說：「我聽你大哥的吩咐，回家陪媽媽說說話。」子華也說：「我也得幫大哥輸入舊病歷表上的資料，他付我工資，這是我零用錢的來源。來，我們一起走吧。」

小辛忽然想起子華奶奶認定邱醫生給非洲土人吃掉的事，那天子華還未說完呢。「那一次你說你奶奶不肯相信邱醫生還在世，後來怎麼樣？」

「後來？——沒有後來了。大哥回港的那天早上，她中風離世。那時大哥還在飛機上。我一直哭。大哥回來以後，卻好幾天一聲不發。整個家亂糟糟的，非常可怕。一家人都十分內疚。當時除了大哥，我們都弄不清抑鬱症和心情不好的分別。如果我們的常識好一點，一切就不至於這樣了。」

說到這裏，邱子華慢下來，他看着眼前這低年級的小女孩，覺得她可能需要他的照顧。自己家裏有一個醫生，還不能讓奶奶好好活着，小辛這麼小，父母讀書又不多，怎能應付這一切？

小辛也停住了腳步，心裏有一千條問題，例如「人為什麼內疚？我媽媽也說過她很內疚，但到底為了什麼呢？我好像也有一點點的內疚，為什麼呢？」「你哥哥為我媽媽治病，會不會觸景傷情？」總之有一大堆話，不知從何說起。

子華非常敏銳，他像已猜到小辛在想什麼，就說：「不要怕。第一，你媽媽現在吃的抗抑鬱藥比以前的有效多了，副作用也少。第二，我奶奶沒有家人陪伴，只有我這個不懂事的孩子在旁，我反要她照顧呢；你媽媽很幸福，她有懂事的女兒在身邊，一定會沒事的，你不要亂想。第三，我大哥他目前的專業是老人精神科。回港後他發覺不一定要離鄉背井才能服務他人，所以特別在這一區開設診所，服務本區長者。只是他沒有很強調這一點，怕大家對精神科還是有偏見、有戒心（其實，每四個老年人，就有一個因為抑鬱或焦慮而受苦，做家人的該好好留意）。我大哥會看顧你媽媽的，你可以放心。最後，你還有我，你有事，隨時找我。所以，你什麼都不用怕。」小辛若有所思，低頭道：「我明白了。」其實，她聽了心裏更亂。子華的聲音帶着一種沉重和不安，那是可以感覺到的。她只是不知道，子華已把她的重擔不自覺地搬到自己的肩頭上：奶奶的死帶來的自責，大概只能在小辛母親的復原上得到補償。

兩人邊說話邊往前走，小辛把陳老師和阿詩的事都跟子華說了。子華默默聽着，小辛說到作文不及格的時候，他只拍拍她的書包，輕輕回應：「這別管了，先顧念媽媽的病。」

小辛奇怪他和粒仔的說法那樣一致，又把粒仔的可愛精靈說了一遍。「小東西真的這麼厲害？我不信，一定要親自領教領教。」子華聽了，剔起了一根眉毛，好像有點不服氣。

小辛哈哈笑起來，聽出了一點點酸味，但沒戳破他，只是說：「有一點我敢肯定，粒仔還不會打排球。」不出所料，這話叫子華很開心。

有伴同行，說說笑笑，時間過得特別輕鬆，馬上就要到家了。說到阿詩的時候，子華卻沉默下來。他在想什麼呢？小辛說：「她特別不喜歡我，一直針對我。」

子華又走了幾步，幾乎走到醫務所的街口，若有所思地說：「她在排球隊的霸道蠻橫，我也聽說過。其實她平時沒有什麼，說來你一定不信，她跟我一同參加了義工團。你說她針對你，我倒沒聽過她說起你。」

小辛聽了很不是味兒，如果阿詩從來沒提起過自己，今天反倒是自己在說阿詩的壞話了。她的心頭同樣泛起了一點酸，心裏有點後悔：為什麼要提起阿詩呢？難道我就放不下這個人嗎？正沉默，子華自顧自地說：「我也不大理解她，只是總覺得她的心不壞，只是太小。小有小的好，容易觸摸。每一次她生氣，我只要胡亂説幾個笑話就沒事了。」

小辛揣摩着子華的話，垂下頭來——阿詩的心不是壞，只是小。那是什麼意思呢？不覺到了醫務所，雖然小辛的心思離不開阿詩，卻還是換了個話題：「我很想像你一樣，能夠賺一點點零用，哪怕只是非常少的錢。」子華站定，看着小辛想了一會，就從書包裏拿出小本子，寫了一張小字條撕下塞進她手裏，説：「這是我的手提電話號碼。」他心裏的感情漸漸對焦，清晰起來：小辛可謂四面受敵，他要好好扶持她，保護她。

看着子華的背影漸漸遠去，小辛拔腿就跑。她不要子華家庭的遺憾發生在自己身上——她必須儘快見到媽媽，她要擁抱她，跟她聊天。「媽媽，我要您快樂起來……」

小辛剛用鑰匙開門，就看見陳阿姨抱着熟睡的洛洛，她胖胖的身體擋在門口，不讓她進去。「別做聲！」她小聲説。小辛伸長脖子往裏看，什麼都沒看見，只聽到爸爸的聲音從板間房傳出來。「你們回大陸去吧，千不該萬不該，我不該把你們帶到這裏來……」

小辛暗忖：「天還未全黑，爸爸為什麼會在家？」陳阿姨說：「你等會兒再進去。來，先到我房間裏靜靜坐着，別讓他們知道你回來了。」小辛躡手躡足，乖巧地跟着陳阿姨轉到她的房間裏。這房間比較大，也有一個窗子，可是雜物堆得滿滿的，反而欠缺小辛他們那種因貧乏而得來的樸素的空間。小辛輕輕放下書包，接過洛洛，讓陳阿姨輕鬆地坐下來。

只隔着一塊木板，那邊的動靜小辛聽得清楚。「我們跟着你熬了這些天，你忽然要把我攆回去，這是什麼意思？我可不是那種只能共富貴的人啊！除非你把我趕走，否則我是不會走的！」那是媽媽的聲音，雖然抑制，卻很倔強。爸爸媽媽吵架了。

「廢話！當初你若非追求香港的榮華富貴，怎麼肯為兩萬塊錢嫁給我？我比你大十七年啊！如果今天你不是看不起我，怎麼一來港就連什麼抑鬱症都搞出來了？現在我失業、更窮了，你帶小辛回鄉吧。我連孩子都養不起……」爸爸幾乎是在怒吼，可是，小辛聽得出來，那種憤怒並不是向着媽媽噴發的，那是極度無助、卻不願意流露的悲痛變奏而成的宣泄。小辛肯定爸爸是愛媽媽的。可是患抑鬱症的媽媽聽得懂嗎？

媽媽的回答叫小辛感到更意外：「我承認自己當初是為了來香港才跟你結婚的——可是，小辛出生了，我就打定主意跟着你。好不容易才申請到單程證，你怎麼這就要把我趕走？」媽媽按捺着情緒，但清澈而幼細的聲音卻像一柄小尖刀，深深插進小辛的心臟。

她真的是為了來香港才嫁給父親的嗎？他們之間，真的一點真愛都沒有？小辛呆住了，暖暖的淚水滑下臉頰。那邊安靜了幾秒，可對小辛來說，那是很長很長的時間，幾乎比她所有的日子加起來都要長。她無法想像沒有愛只有利用的婚姻是怎麼一回事，更難以相信自己竟然是這種婚姻的副產品。

小辛多希望媽媽說她愛爸爸——以前雖然不愛，現在卻有了感情。果然，媽媽又說起話來：「不錯，我的目的達到了。可香港卻不是我想像中的城市，對我來說，這裏一點榮華富貴都沒有，但不打緊，這不是我要來的目的。我之所以要來，是因為答應了我爸要來向他姐姐贖罪，那是他的遺言。以前我對自己說，我之所以留在這裏，是為了小辛，為了她能夠在這裏長大——如今我承認：這是為了圓我自己的老夢、實踐承諾，完全不是為了她；我病了，就是上天給我的懲罰……她在縣隊裏打球，本來前途無限。來到這裏反而要她照顧我，連進校隊都困難重重，還遭同學欺負……」

媽媽終於哭了。小辛大概明白媽媽抑鬱的原因了；媽媽把她的愛，全傾注在自己身上，自己受到挫折，媽媽就會感到深刻的內疚。

「那你們回到縣裏去吧！」爸爸叫得更慘厲了，好像一頭垂死的野獸，掙扎着發出最後的呻吟：「那裏至少有你的鄉親……我老了，還要來個失業，養不起你們啦！……」爸爸也忍不住哭了。可是，他真的希望我們走嗎？不會的，不會的！——這一點，小辛十分肯定。這個信念，使小辛的感情又有了方向。

她把熟睡的洛洛輕放到牀上，這就要過去，但還是給陳阿姨拉住了。她用最小的聲音向小辛說了一句話：「別妄動！不要讓他們知道你回來了，否則就沒有轉圜的餘地了。」小辛抬頭看着這位充滿智慧的老太太，聽話地站住。

陳阿姨把胖胖厚厚的手掌放在小辛的兩個肩頭上，讓小辛感到溫暖。此時此刻，她唯一的依靠，就只有這一位悉透人情世故的房東太太了。漸漸，爸爸媽媽都安靜下來。良久，媽媽説：「失業了就休息一下，我去找工作養家。」那是非常溫柔的聲音、「不錯，我當初嫁你確有目的，可是，我現在跟你一樣，都只想這個家好，只想小辛好。孩子這麼懂事，也非常聰明，這不就是我們的福氣嗎？」

爸爸的哭聲更憂傷，看來傷心透了，無法控制自己。最後還是媽媽在説話：「為了小辛，我們不要再分開了。我們在一起的這些天，孩子多開心啊。不要趕走我們，好嗎？」

爸爸漸漸安靜下來。小辛忍住起伏不定的情緒，把頭埋在陳阿姨的臂彎內，身子不停震動。她離開蕭教練的時候也沒有這樣子哭過。

陳阿姨一手按着小孫子，一手抱住小辛，儘量不説話。她知道，租住板間房的大都是沒有隱私的窮人。她至少可以為他們留下一點點聽覺上的空間，為他們保存起碼的尊嚴。小辛看在眼裏，只覺感動，想起自己在教員室被陳老師冤枉的一幕，忽有所悟。原來人的好壞，跟教育水平是完全無關的。

過了好久，爸爸媽媽開始喁喁細語，話語裏還夾雜幾下抽屜推拉的聲音，之後兩人一同出門去了。他們一面走，一面還在低聲商量，好像説要去找一位什麼親戚想辦法。除了姑婆，小辛不知道自己在香港還有什麼親戚。此刻，她還也無法理解大人的行動，只知道要趁父母外出的空檔，第一時間回到房間，裝作什麼都不知道。

板間房裏，小辛看見消失已久的亂局。被子胡亂堆着，爸爸平日上班用的安全帽、安全鞋等東西，如今擺滿一地，醬油碟此刻佈滿煙蒂，吃飯的碗裏還有點滴喝剩的啤酒。看來媽媽也體諒他，由得他發泄。

小辛深呼吸一下，對自己説：閔小辛，別忙亂，這一刻你所有的決定都十分關鍵。為了媽媽，為了爸爸，為了他們的婚姻，為了全家的幸福，一定要冷靜。如果此時真有一位事事都知道的上帝來教她怎樣做，該多好啊。她站在亂局中間，輕輕閉上眼睛，口裏無助地説：上帝叔叔，求你幫助我們……

她把書包放到牆角，連校服都沒換下，就從桌面開始收拾。她把父親用過的碗碟拿進廚房清洗，桌子抹了一遍。桌面又出現了明淨的空間，陰暗的心情裏，也開出一小片藍天。接着她把媽媽睡過的牀鋪好，牀上也亮起一片淡綠色的小草坪。她的感覺好了一點。原來，一切安穩來自秩序。

她打開唯一的窗，坐了下來 —— 能夠為父母做的都做了，自己的力量這麼微小嗎？爸爸失業，一家人的生活即將陷入困境，難道自己一點辦法都沒有？這個城市看起來多麼豐美富裕啊，但怎麼連幾個願意努力的人都養不起？淚水快要湧出來了，小辛拿起掛在門後面的毛巾擦了一把，再抽一口氣。她打開書包，拿出數學作業，集中精神，一口氣完成了整個星期的功課。她暗暗感到，餘下的時間可能得用來做更重要的事。

大廳上的電話機響起來，陳阿姨接聽了，她啊啊地應了兩聲，快步走到房門口來説：「你媽媽找你，快，快來聽！」小辛一愣，媽媽？她在什麼地方？

10 傳說中的姑婆

小辛趕緊跑到陳阿姨的客廳，拿起話筒，儘量用平靜的聲音說話：「媽媽？」媽媽說：「小辛，你聽好：爸爸和我在九龍塘你姑婆家裏。姑婆想見你。你知道怎樣到九龍塘地鐵站嗎？爸爸會在那兒等你。」

小辛答應着。她一句話都沒問，校服未換就出門了。一切如小辛所料，爸爸在地鐵站內等她。他一看見她，就說：「我們現在去見你媽媽的姑母。」小辛試探着問：「爸爸，怎麼這樣突然？」爸爸站住了，回過頭來，臉上的肌肉在輕輕跳動。

爸爸今天穿得比較整齊，上身是一件白襯衣，可它摺痕清晰，衣料有點發黃。下面的西褲短得厲害，腳踝露在外面，灰色的襪子外是一雙將破未破的涼鞋。他的衰老、黝黑和髒亂，跟九龍塘的高尚住宅和幽靜環境格格不入。稀疏、多油、半白的頭髮胡亂搭在頭顱上，像一堆燒過的炭，鬆弛的眼皮下是又紅又黃的眼白，曬得發黑的皮膚上滿佈老人斑，看來更像是小辛的爺爺。

一絲躲躲閃閃的羞恥感覺掠過小辛的心，但是她馬上把感情糾正過來 —— 父親可是為了自己，才會變成這樣的呀！一瞬間，她的心情經歷了巨大的愛恨和內疚，情緒動盪不止。「爸爸！」她幾乎打從心底叫了出來：「原諒我！」口裏卻說：「那我們走吧。」

父女倆在一座附有小院子的大宅前停下，走完小路，登上了三樓，按了鈴。中國女傭來開門。踏進姑婆的家，小辛好像走進了夢裏：那是一個異常敞亮的大客廳，往右是一個開陽的露台，玻璃門全打開了，夕陽下的大白瓷缸種滿了花樹，有白蟬、白茶花和淡黃色的玫瑰，還有幾盆矮矮的紫色繡球。單是那個陽台，地方就比他們一家三口住的板間房還要大。瓷花盆中間陽光最集中的地方，坐着

一隻黃白相間的胖貓。牠昂起頭用半瞇的眼睛看着小辛，好像要看穿她一樣。

小辛被這一切吸引住了，但她還是惦記着媽媽，眼睛不住往廳子的另一邊搜索。巨大的棕色皮沙發上卻空無一人，中間的小茶几放着兩杯茶和一個小茶盅。傭人正端來另一杯，禮貌地對小辛說：「小姐，請用茶。」小辛連忙接過，十四年來，從來沒有人叫過她「小姐」，實在不習慣。傭人見她站在那裏發愣，又從她手上拿過茶杯，輕輕放在玻璃几上：「表姑爺，小姐，請坐。」小辛說：「您也坐吧。」傭人尷尬地一笑，說：「我還有事做，別客氣。」說完就走進屋裏。

等了兩三分鐘，小辛看見媽媽扶着一位清癯的老太太來到廳上。老太太穿着略寬的藍紫細花圖案淡粉綠色緞子旗袍，披着黑軟的小羊毛開胸外衣。她臉頰有一點凹陷，但皮膚很好，顴骨部分閃閃發亮，看上去頗有威儀，可眼睛上皮已經有點耷拉，像一張複疊數次的被子，疲倦地堆在眉毛上。

姑婆的頭髮全白了，一點灰黑色都沒有，反倒顯得純粹，整齊地盤在腦後成一個扁圓銀色小髻——上面還有一個古銀髮夾。她給小辛的感覺是乾淨利落而健康，一點都不像爸爸的齷齪、無措，更不似媽媽的蒼白、病態。她慢慢走着，灰色的瞳孔掃過小辛的臉。小辛分不清她是不是在笑。

「那是什麼學校？」老人看着媽媽，指着小辛的校服問。媽媽禮貌地回答了。

小辛覺得很不爽，但沒説話。這姑婆怎麼不會尊重人？小辛直直地看着她：對方年紀不輕了，大概有八十了吧？人卻站得筆挺，只比媽媽矮一點點。怎麼媽媽跟她竟然那樣相像啊？細細的腰，直直的、看起來完全無脂肪的修長小腿……最像的是那瘦瘦的踝骨，一點不寬卻直角橫開的嶙峋肩膊，和高貴的瘦長頸項。小辛覺得她們幾乎是同一個模子印出來的。

媽媽説：「小辛，來，叫姑婆吧。姑婆是你外祖父的姐姐。」小辛感覺到媽媽的聲音裏潛藏着委屈和敬畏。眼前的老人正細細看着她的侄孫女，四目交投之際，小辛心頭一震。媽媽到底欠了她什麼？——這是她的第一個反應。

小辛站直了，平靜地說：「姑婆好。」老人瞇起灰霧籠罩的眼睛上下打量她。「多大啦？」「馬上就十五歲了。」小辛回答。姑婆又問：「快初中畢業了吧？」這一句正好觸及小辛的痛點，但她決定不要讓人知道自己介意這件事，於是故作自然地澄清：「不，我還在讀中一。因為剛來香港，英語追不上，粵語也講得不好，降了兩級。」姑婆點頭，唇輕輕動了一下，自己先坐在一張藤椅上，然後指着沙發，用細緻清晰卻語帶權威的普通話說：「坐吧。」

爸爸媽媽恭敬地坐下。小辛走在最後，心裏有點不服氣。她拉拉校服的裙子，正準備坐下，忽然聽到姑婆說：「裙子太短了吧？」小辛差點忍不住了，無法不想起專門針對自己的陳老師；可也因為這樣，馬老師為了自己處處忍讓的形象又出現了。小辛很驚訝地發覺，自己的回答竟然是「對不起，我回家馬上處理一下」。她的大方得體，讓媽媽鬆了一口氣。姑婆轉過頭去，慢慢對媽媽說：「孩子教得不錯。」

媽媽很輕地回答：「謝謝您，姑姑。」爸爸的普通話不靈光，只聽懂一半，他惘然看着媽媽，不知道該說什麼。這一刻，他雖然因小辛的懂事而歡喜，卻也無法不為姑婆的態度而自卑，最後他只懂得用粗大的手掌摸摸小辛的頭，表示讚許。姑婆也不看他，只跟媽媽講話。「這種困境，你早該料到。」

媽媽點點頭。

姑婆狠狠地看着媽媽：「料到還生孩子？跟你爸一樣任性！我問你：現在怎麼辦？」

媽媽眼睛裏閃出淚光，很不容易吐出心底話：「姑姑，孩子是意外。但我捨不得把她打掉，她是真實的生命，有權生存，還是我的骨肉啊！」姑婆回頭看看小辛，說道：「哈，歪打正着 —— 孩子還像個樣！」

小辛聽了，不知該開心還是難受，那不是在說爸爸讓媽媽受苦了嗎？哪有人這樣不理會別人感受的呀？她正要維護父親，媽媽卻先開口了：「姑姑，阿全對我很好，他是掏心掏肺地對我們母女好 —— 這些天我病了，他一下班就無微不至地照顧我。」

小辛覺得媽媽為了父親說了真心話，勇氣可嘉；她又看看父親，他垂着頭等待姑婆宣判似的，但眼角偷偷露出一絲滿足的笑意。此刻，爸爸媽媽竟因為這位傲慢的老人團結起來——兩小時前，他們還在吵架呢。小辛當下好像看到了一點曙光。

姑婆拿起茶盅，慢慢喝一口，看着茶杯道：「我沒説他對你不好；我是説他沒有辦法養活你和孩子。」

媽媽坐直身子，抬起頭說：「可是，他養我十六年了！我在縣裏一直豐衣足食，孩子能讀好學校。姑姑，這是我回報的時候了。」

「回報？你們還知道回報呀？」姑婆站起來，凌厲地説：「你們今天來看我，就是要來回報我嗎？」

「姑姑，請您原諒我父親和阿娘吧，他們人都不在了。」媽媽忍住不哭，小辛屏息靜氣地看着她們，右手偷偷滑到爸爸掌心裏。媽媽繼續説：「請您幫我找一份工作吧，阿全的工頭帶着大夥兒的工資跑掉了，我們一家真的沒有別的辦法了。」媽媽哽咽着。

姑婆站起來，繼續責備媽媽：「有辦法的話你還會來看我嗎？你母女來香港都幾個月了，我還不知道呢！」

「姑婆，請您不要為難我爸爸媽媽，假如您不願意幫忙，只須要說一句，我們馬上走；您若願意，我會很感激您。」小辛說這話，連自己都嚇了一跳。

11 主持大局

媽媽連忙說：「小辛，你不該那樣說話。姑姑，很抱歉。」

沒想到，姑婆竟笑了，露出白白的假牙，皺紋都成了弧線，人看起來慈和多了。她一句話就總結了整件事：「好，就這樣！明天開始你來這裏上班，早上七點十五分我讓司機老何到深水埗載你過來，順道把小辛送到學校去。放學後他接了小辛，再回頭接你一同回家。阿全，你要好好找工作。」

爸爸媽媽面面相覷，兩人一同叫起來：「謝謝姑姑。」

小辛更沒想到自己頂撞了姑婆，竟然促成此事。可是，姑婆到底要媽媽幹什麼呢？為什麼要接送自己上學下課？媽媽會有多少工資？媽媽不過高中畢業，能作什麼呢？她滿腹困惑：即使經濟問題解決了，爸爸會有什麼感受？媽媽能適應嗎？

這時，黃白色的小貓經過她身邊，喵地叫了一聲，好像在說：囉嗦！我要吃晚飯了！小辛看看姑婆，發現她柔情無限地回應道：喵喵，知道了。快了，快好了！說完，又轉過頭來，向媽媽說的最後的一句話，依然冷酷。「一天一百五十元車馬費，沒有工資，沒有合約；星期六放假。星期天我要上教會，你和阿全一早來陪我去。」

爸爸問：「我也要來嗎？為什……」

姑婆說：「平日找工作，星期日來陪太太。」

爸爸媽媽對望一眼，有點失望，這工時，這工錢，比家務助理少得多；而且，禮拜天也要上班啊。——小辛一算，那麼說，他們一天的家用剛好只有一百五十塊錢！能生活嗎？如果不用交租，勉強可以，但怎能不付租金給陳阿姨呢？可是姑婆說：「不做就說一句。」小辛剛想開口理論，就聽到媽媽說：「姑姑，我做！我明早就上班！」

接近晚上八點了，回家路上，一家人都很累，何況還沒有吃飯？公車裏，媽媽開始打盹，額前的頭髮落下來，讓她看起來更像病人。小辛坐在對面的椅子上發愁。滿懷心事的爸爸毫無焦點地看着窗外的燈火，顯得特別蒼老。「爸爸，您以前見過姑婆嗎？」爸爸搖搖頭，小辛說：「她給我的感覺不特別好。」

沒想到媽媽原來還未睡着，睜開眼睛小聲說：「小辛，別這樣說，她是我們的恩人。你知道嗎？我們來香港不夠七年，沒資格拿綜援[6]；你爸爸能拿到的援助金額，不計租金津貼，加起來只有一千多元，我們一家無法靠這個生活下去，我一定要去工作。可是我不會英語，廣東話也不好，能做什麼呢？姑婆讓我工作，已經很好了。」

6 終審法院於 2013 年 12 月 17 日裁定，居港一年以上的貧窮新移民，都有資格申請綜援。

「爸爸一定能夠找到工作的！」

「這很難……」爸爸歎了一口氣：「如果你是老闆，你會找一個三十多歲的工人，還是找一個將近六十的呢？何況現在正巧碰上什麼金融海嘯，我怕連看更[7]的工作也找不到……」

小辛聽後一陣心寒，對於這個晚燈輝煌、五光十色的城市，她更感迷惑了。在姑婆家裏時，媽媽為什麼委屈如此？不就是為了這個家嗎？她心底默默計算着：如果媽媽每天到姑婆家月賺四千多元，政府給爸爸的綜援大概一千多元，加上一點點租金津貼，勉強解決陳阿姨那一部分，一家人每個月就有接近五千元用了。每天用一百五十元，沒問題吧？可是，媽媽就得委屈點了。這對她的病有沒有影響？她好擔心啊。幸好，積極樂觀的性情又發揮作用，她對媽媽說：「媽媽，我數學好，讓我來持家吧！」爸爸和媽媽本來已經很睏，現在忽然都醒來了，看着小辛。

7 香港叫大廈的管理員做看更，因為他們也有值夜班的。

小辛説：「如果爸爸媽媽信任我，就由我來管錢、持家吧！」

臨睡，小辛把爸爸餘下的兩千多元擺在一個盒子裏，放到五桶櫃第一個抽屜內，用鑰匙鎖起來。剩下來的一百塊錢，她讓爸爸拿着五十五塊，對他説：「爸爸，白天你會比較悶，明天我會從學校圖書館借一些武俠小説給您看。」爸爸笑了：「哪有工夫悶？我還要洗衣服、買菜、做飯。」

小辛説：「爸爸，菜市場的東西，到了晚上七點才會減價，您早去只會買到貴東西。不要多買，只要買些海魚和一點點青菜就好。媽媽和我設計了一張一星期的菜單，您照着買就好。這裏的錢，三十元買菜做晚飯。這十五元是您的午餐。另十元請您用來吃早點。」媽媽搭腔道：「傻孩子，這怎麼夠？」小辛卻很強硬：「不夠也得夠，多做一點點米飯好了。可是，爸爸您不能抽煙了。」

爸爸歎了一口氣：「就是不抽煙，這能夠買到什麼呀？報紙都不許看嗎？」小辛看着他，堅決地説：「先試一下，要看報紙，可以走點路，到車站那邊去拿，那裏有免費的。爸爸，您一定做得到！」媽媽憐惜地看着他：「不夠的話拿吃剩的飯做一點粥吃了吧……」爸爸垂下頭，一定在想怎樣才可以買到一包香煙。

這時，小辛補充道：「爸爸，我上學只需十元，已經包括早餐和午餐。媽媽您帶着二十五元上班去。」小辛的話讓爸爸不敢再想他的煙包——艱苦的日子開始了。

終於躺到上層鋪蓋的時候，已經接近午夜。小辛第一次花了半小時還睡不着。她早就知道自己是窮人家的孩子，但沒想到會貧苦到這個地步。她記得有一次上通識課，老師提出一個假設要求，他要每一組同學扮演一家五口，投入角色，嘗試理財。小辛他們那一組贏了。但是，那天他們「一家」五口合共可以用三百五十元呢！當時同學們一面想辦法，還一面叫苦連天。他們拿着算數本和「鈔票」，逛過了許多「商店」和「超級市場」，發覺原來要吃得飽、穿得暖絕不容易。

小辛只是沒想到，真實生活還可以更苦。她實在沒有把握——不過，她知道爸爸頭腦不精明，也不大習慣省錢，媽媽生病了，精神不好，現在還得到姑婆那裏上班，自己一定要主持大局。

天還未亮，小辛起牀。媽媽比她起得更早，已經在廚房做熱點了，那是前晚吃剩的飯菜，已在陳阿姨的冰箱裏放了兩夜。小辛一面吃，一面想着父親的十元早餐，就覺得這些冷飯剩菜也實在好吃。媽媽頗為緊張，畢竟她不知道自己要到姑婆那裏幹什麼。「媽媽不要擔心，受不了就回到家裏來。日子總有辦法過。」不過很簡單的一句話，可媽媽每一次聽了都很受用。

人才下樓，姑婆的平治房車就來了。更在意料之外的，是姑婆自己也來了，就坐在司機旁邊。小辛和媽媽鑽到後排去。路上，姑婆開始安排媽媽的工作，她說：「我在書房放了一鋪牀，午飯後可隨時躺一下，我不會打擾你。我們的事務，主要在早上做。」小辛心裏忖想：「這是什麼工作呀？可以睡午覺？」

車子轉進南昌街，往山上跑，不消幾分鐘，就到了歌和老街，進入九龍塘。小辛的眼睛沒離開過街上的路標——怎麼，從最窮的深水埗區坐車到最富裕的九龍塘，不過拐一個彎而已？未幾，媽媽和姑婆下了車，車子掉頭往小辛的學校駛去。這些日子，小辛都走路上學，今天省了時間，很早就到達學校。媽媽在姑婆的家，有人陪着，小辛反倒放心了，正想馬上換球衣熱身，忽然有人在後面喊她。

「閔小辛！我看見你坐 Benz 回來啊！」說話的是美美。她臉上堆着的是小辛常見的笑容，卻從來不是笑給小辛看的。難得她今天這麼友善。小辛一面熱身一面解釋：「車子是我姑婆的，我家裏窮，不可能有私家車。」

然而，小辛坐平治上學的消息還是不脛而走。那天還未過去，來問小辛「是不是家裏發達了」的同學起碼五六個。小辛每一次都仔細解釋，可是傳言四起，漸漸變成很不好聽的話。「平治嗎？我祖母有一部，我叔叔也有，我爸爸開的是寶馬。」阿詩的「不在乎」實在叫人反感。小辛強調：「我再說，那是我姑婆的車子，與我無關。」

練完球離開學校的時候，連邱子華都跑來問她那是怎麼回事。小辛把始末告訴了他。兩人一同走到學校大門，就看見車子泊在那裏。司機何叔叔還伸出頭來，向小辛一笑，問邱子華：「要不要也送你回家？」子華禮貌地回答：「不用了，閔小辛，再見。——小辛，可別弄丟了你的體能啊。」看着小辛給載走了，沒法一同走路回家，子華感到頗為失望。是因為習慣了嗎？還是……？

車子駛到姑婆家的時候，媽媽已站在大門口。何叔叔把母女二人送到家裏。車上，小辛很識趣地講學校裏的情況，絕口不提媽媽的工作，謝過了何叔叔，很快就回到陳阿姨那裏。兩人看見爸爸正伏在地上，跟小洛洛玩得忘形，大小二人一同哈哈大笑。「爸爸！我們回來了！」小辛叫道。陳阿姨出來跟媽媽招呼，說：「上班怎麼樣了？還好嗎？」

本來媽媽要先回到房間再說的，陳阿姨一問，她便忍不住興奮地說起話來——這多麼不像近日的媽媽啊。原來早上她到了姑婆家，姑婆硬要她陪自己再吃早點。為了不逆老人家的好意，她只好吃了。然後，姑婆要她陪自己到公園走一小時的路。

「哎呀，那一定會悶壞我。」小辛說。「起初我也這麼想，」媽媽一口氣說下去：「但後來看到她走得那麼吃力還要堅持走路，我反倒覺得自己也該好好走走，曬曬太陽[8]。我們還說了很多話。我提起小辛的外公，她差點哭了。唉，我更不中用，先哭起來。哭了一會兒，心情反倒輕鬆了。」

8 運動和曬太陽對抑鬱症患者有幫助。

「然後呢？走完路才不過九點多呀。」爸爸問道。

「然後她讓我給她朗讀幾段《聖經》，兩份報紙。她要聽的不光是新聞和財經消息，還有副刊裏的專欄文章。讀完了報紙，還要讀小說。」

「媽媽好辛苦呢。」

「哪裏！我本來有點害怕自己會發病，應付不來。後來卻覺得很不錯，我今天為她讀的是《艾瑪》的中文譯本。她說，《艾瑪》是著名英國作家珍・奧斯汀的小說，我看了一點，挺好看的。你姑婆說我不會讀英語，她無法聽到原著，是美中不足。小辛，你知道嗎？你姑婆以前是香港大學英文系的學生，可惜未畢業就順着家長的意思嫁了一個非常有錢的商人。現在她眼睛不大好，自己看書很艱難。」

「真的？原來請你去幫她看書啊！是簡體字的嗎？下午呢？」連陳阿姨都覺得有趣。

「吃過午飯，她就讓我到書房休息。我真的累得睡了半小時呢。大概三點鐘左右，我開始筆錄她要回覆的信件，原來她跟許多國內的小朋友通信呢。還要幫她處理一些電費單之類的東西。對我來說，最困難的就是要寫繁體字，她說國內的孩子應該學一點繁體字，這我就得查字典了！最後，她的物理治療師來了，我要跟着學，治療師不在的日子，我要每天幫她做運動。」

陳阿姨說：「真是聞所未聞的工作啊！做運動，讀書，睡覺，還有吃的，真不錯。可惜工資少了一點。」

媽媽聽了，看了爸爸一眼，像在責怪他什麼都告訴房東太太。陳阿姨見狀，馬上說：「閔太太啊，別怪閔先生，是我追問的。我只想告訴你們，你們一家是我最喜歡的租客，希望你們不要搬走。至於租金，我會儘量遷就。你們找到好工作，才把欠下的還我吧。」媽媽不好意思地點點頭，這才發覺世界上還是真有好人的。

12 綜援歲月

就這樣過了兩個星期，爸爸對他的「退休生活」適應得比想像中好。他跟洛洛做了好伴兒，幫忙帶他，也真像個樣，着實令陳阿姨的擔子減輕了不少，她甚至可以去老人中心學烹飪，學做甜點，回來還會叫大家來嚐嚐她的手藝。陳阿姨祖孫倆和小辛一家，漸漸成了真正的朋友，甚至一家人，只是爸爸媽媽一直欠陳阿姨部分租金，常常覺得愧疚。

雖然貧困，這段日子還是愉快的。學校社工 Ruth 姐姐幫了忙，爸爸得到社會福利署發給他的一些生活費，還填了表申請輪候公屋。媽媽每星期從姑婆那裏取得工資，一家人的錢合起來還是少得很，省吃省用，成了習慣。

小辛每天晚上把所用的每一分每一毫都登記下來，目的只有一個：量入為出、絕不超支。如果爸爸在超級市場買東西丟了收條，小辛要「罰」他做掌上壓，其實她是想他撿回漸漸失去的體能。每次這樣，陳阿姨的孫子就來拍手，也滾到地上跟爸爸一塊兒做，逗得媽媽和陳阿姨哈哈大笑。沒想到，有了工作，媽媽的病情反倒輕了。小辛打電話問過邱醫生。他說，工作有時候會帶來正面的治療效果，覺得自己沒有用的病人，尤其如此，透過上班會讓他們慢慢恢復自信。小辛聽了，仔細分析，覺得媽媽真的沒再說對不起小辛一類的話了。

再過兩天，就是媽媽覆診的日子了。爸爸對小辛說他會陪她去見邱醫生。小辛一怔，哎，算數的時候竟然完全忘記了媽媽的醫藥費，因為媽媽這些天看來精神多了！她打開抽屜，看看存錢的盒子，平時省出來的，不過一百多元，怎麼夠呢？可是媽媽的藥用完了，怎麼辦？她想了一會兒，就從另一個小盒子找出那張珍重收藏的字條——她借了陳阿姨的電話，打給邱子華。按號的時候，小辛遲疑了，她發現自己的手在發抖。

子華接到電話，有點驚喜，説沒想到是她。小辛的請求，讓他感到更意外。「這樣呀，好像不大好呢。」他説：「你還未夠十五歲，怎能打工？」小辛説：「只差兩個星期罷了。」子華笑道：「那到你過了生日再算吧。」小辛焦急了：「不行，我媽媽後天要付你哥哥的醫藥費。」子華安慰她：「那麼你媽媽先過來，醫藥費我可以請哥哥不收。」小辛幾乎急得要哭：「邱子華，你太不明白我了。」説完就掛了線，子華拿着電話，呆了一陣子。小辛也愣了好久，心裏燃燒着羞恥和後悔的火。

第二天，小辛在球場上看見他，連話都不想跟他説，邱子華故意從南場跑到北場逗她。阿詩看在眼裏，自然妒火中燒，就借意靠近，蹲在他們後面綁鞋帶。她果然聽到了一截話。

子華説：「你們肯拿綜援，就是願意接受社會的幫助呀，為什麼偏不接受我大哥的好意？」小辛小聲但堅定地回答：「那不同。」子華道：「那到你年齡夠了，再過來幫我大哥的忙好了，何必倔強？算是我借給你的，好嗎？你媽媽的病可不是説笑的。」小辛聽到這裏，垂下了頭。「那今天就算我跟你借吧，我一定會還你的。」子華成功了，開心得拍拍小辛的頭，說：「我下午跟你一起到我大哥那裏，練完球在學校大門等我呀。」

最後這一句話，插在阿詩的耳朵裏，卻痛在心頭。她沒法想像為何邱子華會喜歡土裏土氣、皮膚黝黑、頭髮短又不講究髮型的閔小辛，而不喜歡自己；難道他不知道自己的心意嗎？這兩年多以來，排球隊裏的女孩都知道他是阿詩最心儀的人，沒有一個敢跟他多說一句話。這閔小辛來了才三個月，就連他的家人都認識了。「這不是衝着我而來是什麼？她有什麼資格？剛才子華不是說她拿綜援的嗎？對了，她怎麼可能是拿綜援的？她明明坐平治房車上學啊！」阿詩一面想一面走往更衣室，冷不防撞上一個從那裏出來的人——唉，原來正是教中文的陳綵風老師。「啊，對不起，陳老師。」

陳老師本能地避開她，乘機抱怨：「你們的更衣室真亂，難怪要裝修……我們當老師的下了課還要負責這等事，真沒道理！女孩子動作這樣粗魯——打什麼球？放着好好的書法班和國畫班不參加……」

阿詩看見她，忽然想起她聽到的傳言：閔小辛是陳老師最不喜歡的學生。她追上前，叫了一聲：「陳老師，閔小辛是您班上的嗎？」

陳老師站定了，看着她：「章泰詩？你中三了吧？還記得我啊。」阿詩説：「一日為師，一生為師嘛！這是您教我們的。」陳老師臉上又掛上那副慈容了：「如今難得還有這樣的孩子。現在的小不點就麻煩多了……」説着，她就想起學生怎樣改寫她的打油詩，繼而怒火中燒：「你剛才説的那個閔小辛，更是難教。」阿詩故意説：「這難怪，大概是家庭教育的問題吧？聽説她家是拿綜援的。」陳老師很愕然，「啊」地輕輕叫了一聲。阿詩走上前去，繪影繪聲地描述了一輛平治房車駛到校門前的情景。

女更衣室門外的這一幕，靜悄悄地發生，又靜悄悄地完結——除了一個中一的「小不點」剛好在那兒追逐走失的西瓜波——附近沒有任何相關的人。可是，那個不折不扣的小不點，正好就是可愛的粒仔。陳老師和阿詩背後説小辛的壞話，他都聽見了。生活中沒有太多的巧合，但巧合還是真實存在的。

「小辛，我覺得你還是小心一點好。」上中文課前，粒仔鄭重地提醒小辛。

「我什麼事做錯了？」小辛憤然道：「拿綜援過日子，誰想？我爸爸一有工作，我們就不會再拿的了。」

「但是，社會上確有騙綜援金的蛀米大蟲啊 —— 他們還上了報紙呢：一些天天不做事，光去飲茶，錢多了還去泰國旅行，明明有工作也不肯做，靠繳税的市民養……我的看法是：一百戶窮人裏，只要有一戶這樣的敗類，另外的九十九戶就無可避免要活在偏見下。你要有心理準備。」

小辛的眼睛看着遠方。這段日子，她的臉頰拉長了，臉色也不好。「我該怎麼辦？我覺得很委屈。」

粒仔好像一個大人那樣輕托眼鏡，偷偷看了她一眼，攤開雙手冷靜地説：「社會上那些應該充滿感恩之心的受助人，變得憤世嫉俗，就因為有這種委屈的感覺。例如你們一家，本該感激這個社會對你們好，卻因為受那些蛀米大蟲連累，受到歧視，就不自覺地開始惱恨這個社會；而其他市民卻想：我們不是幫助了這些窮人嗎？為什麼他們忘恩負義、亂用納税人的錢，還把我們看作仇人？所以，要解決這個問題，首先要從自己做起 —— 你不能恨這個社會，只能恨害羣之馬；我們也不該恨窮人，只該恨沒有道德的騙子！這是很容易明白的道理呀。」

粒仔愈往下說愈激動，說完，又垂下手來，放在胸口：「受惠者本該心存感激——但我知道那是很難的——我想，連你都做不到。」

「粒仔，我很矛盾……但我一定不會恨你，我從來不想恨人。」小辛歎了一口氣，但是，有些人確實可恨啊。這段對話還沒有結論，陳老師就進來了。

果然，不到五分鐘，陳老師就開始攻擊拿綜援的市民，粒仔全部猜中——陳老師大數拿綜援的人天天不做事，光去飲茶打麻雀，還周遊列國，有工作也不肯做，攤軟在地鐵站口擋路行乞，有些還扮和尚化緣，然後晚上去鋸牛排……平日連新聞都不看的同學們聽得莫名其妙，她就乘機補上一句：「叫我最痛心的，是我們班上也有這樣的人！」

小辛聽了，憤怒和悲傷湧上胸腔，熱騰騰的淚水和汗水衝到臉額上，她知道陳老師又抓緊機會羞辱自己了。為什麼會這樣？難道自己的處境還不夠困難嗎？小辛開始管不住亂竄的情緒，心裏湧動着她最看不起的自憐心態。對於陳老師和自己，她開始產生了一點無法解釋的厭惡。難道，難道媽媽的病就是這樣開始的嗎？不，小辛努力地跟自己對抗着：絕不容許這樣想。可是，那是一根槳在應付整個大海啊！……

就在這時，粒仔用他很小的腳踢了她一下。小辛轉臉看他，只見他把教科書豎起來、誇張地搖來搖去。陳老師的眼角，本來一直勾着小辛的側臉，現在給粒仔的舉動干擾了。

「你這是在做什麼啦 ?! 」陳老師不滿地大喝道。

「對不起，剛才打籃球啦，很熱啊。陳老師，可以開冷氣嗎？」粒仔用他的超高音傻傻地問，弄得全班哄堂大笑。老實說，大家都很支持他。

「開冷氣？現在又不是夏天，不開！哼，你的環保意識跑到哪裏去了？」陳老師義正詞嚴。

「老師，教員室不是長期開着冷氣的嗎？」粒仔一臉委屈地說，說完了還鼓起小嘴巴，非常天真可愛的樣子。

「胡說！根本沒這樣的事！」陳老師拿他沒法，開始有點生氣了：「你有什麼證據？」

粒仔垂着頭，可憐地道歉：「證據嗎？我沒有。我只是道聽途説的啦，我哪有任何證據？不過想當然……」

陳老師吼道：「沒有證據，怎能胡說？你給我站着上課！」

粒仔馬上站起來，鞠了一個躬，再次說：「陳老師，對不起，對不起！是我不對！那只是聽見一些愛講是非的人胡亂說的啦！沒有證據的事，我以後一定會學陳老師一樣，絕不先做定論——我絕對不會忘記這是陳老師您的教誨。」他十分認真地說完，又再向老師深深鞠躬，非常滑稽，全班同學都給逗得人仰馬翻。

陳老師這才忽然驚覺，粒仔做了這場戲，無非要她停止就小辛的事胡說下去。她雖然惱羞成怒，但自知理虧，敢怒不敢言，無法向粒仔發作；再者，她也有半點感激粒仔這麼聰明，他竟這樣演出一番，為她保存了面子。頃刻間，她的臉紅得像聖誕花，好像要預早迎接一個多月後的聖誕節。

美哉繁體字

親愛的教練：

您康復了，這對我來説是難得的好消息。我媽媽還未完全好過來，就出外工作，可幸她有了寄託，病情反而輕了，連醫生都很開心。她給我姑婆打工，算是一個私人助理吧。我爸爸卻失業了。不過，您不用擔心，我快要十五岁了，到時就可以半工半讀，幫補家計。

媽媽的工作很有意思。她要幫姑婆寫信給山區和地震災區的小朋友，鼓勵他們堅持上學。姑婆要媽媽用繁體字寫信，讓內地的小朋友學；可媽媽不大會，還要請教我呢。哈哈，您説我厲害不厲害？看，這封信就是用繁體字寫的啊。

我學會很多繁體字了。我第一個要用心學的，就是你的姓名「蕭開靈」。以前用簡體字容易多了，只須寫「肖开灵」。你説過你的姓有一個寫法，就是「萧」，比較接近原來的「蕭」，可那時我們沒有人肯寫，後來你也只好一直姓「肖」了，真好笑。原來繁體字是這麼好看的，每一個字的每一部分都有故事，寫每一個字都好像画一幅画，我開始迷上它們了。

我的同學粒仔説，「繁體字」應該叫做「正體字」，因為那是老百姓在漫長的历史中一筆一画地發展出來的。我則對簡體字很有感情，畢竟寫了好多年，可是它們始終給我一種符號的感覺，就像英語裏的字母。「繁體字」的美卻包含着許多文化，給我很多想像空間，的確能給我「繁富」的聯想。每當粒仔把一個字的原意和發展過程告訴我，我都很感興趣。為了這些美麗的方塊字，我將來讀大學，說不定會去考中文系。不過我目前的夢想還是體育系。我知道，只要能考上大學，香港政府一定會借錢給我念書，想到這裏，我又對將來充滿希望了。

香港政府對窮人是不錯的。沒有錢的人可以申請住進公共屋邨，也可以拿到綜合援助金。我爸是香港居民，可以拿到一點。可惜有人借此欺騙政府，最近就有一個人說要換眼鏡，要求政府一次又一次給他錢去買名牌，我們這些真正有需要的人就無故遭人白眼了。

教練，我現在的球技是全隊最好的，馬老師說我是今年的祕密武器。我再次感謝您的教導。隨信寄上一個薄金屬書簽。那也是我們學校的紀念品，希望您喜歡。

祝

生活愉快，愈來愈健康

學生
小辛
敬上

二零零八年十一月十六日

13 小麥包、蘋果、漢堡包和亂飛的球

「請進來！」門後傳來社工姐姐 Ruth 的聲音，是她主動約見小辛的。

小辛小心翼翼地推開門，看見 Ruth 年輕的笑臉。「小辛，還好嗎？咦，你是不是瘦了？練球很辛苦吧？」

小辛點點頭。Ruth 為她移來一把椅子。「吃了什麼午餐？」她開始找話說。

「麪包。」小辛回答。Ruth 一面收拾桌子，一面信口問道：「什麼麪包呢？」

小辛頓了一下，才說：「── 是小麥包。」

Ruth 猛一抬頭，這才發現問題所在，原來小辛天天只夠錢吃麪包啊。她挪近一點，細細看着小辛的臉：「天天都吃小麥包嗎？」

小辛不回答，只看着桌子。這本來是她的祕密，為什麼姐姐會猜得到呢？ Ruth 再往前挪動，伸出手來又放下。「小辛，我一直跟進你們家的情形，你爸爸失業，你和媽媽還不夠資格拿綜援 ── 可是你媽媽不是有了一點工作嗎？……爸爸媽媽知道你只吃小麥包嗎？」

小辛抬起頭來，堅定地說：「Ruth 姐姐，請你千萬不要告訴他們。我一到十五歲，就會找一份兼職 ──到時就能吃好的啦，離現在不過幾天罷了。」

Ruth 點點頭。「好，一言為定。」她伸出手和小辛擊掌。她知道小辛的性格，勸也沒用。

「來，我們談談另外一件事。小辛，你先要記住，我完全相信你和你的家人；我不過想弄清真相，才提出下面這個問題……同學們告訴我，你乘一輛很華貴的平治房車上學。你拿綜援的事，卻已傳開了。你的班主任張老師來問過我，你的中文老師也來過。第一，我不知道為什麼你拿綜援的事會傳開。第二，我不明白你什麼會乘平治房車上學。表面看來，這兩件事是矛盾的，你明白我的意思嗎？」

小辛點頭。連她自己都覺得不可思議的事，該怎樣向 Ruth 解釋呢？她想起粒仔的話：心裏不能有恨，反要感激社會有恩於自己。她努力平靜下來，把自己知道的事情都說了。Ruth 聽了亦覺離奇，不禁問：「你知道媽媽和姑婆之間的往事嗎？聽起來，姑婆不是有意難為你們的，她可能是在扶助你們，卻不願意明明地幫忙。」

小辛想了一下：「你猜得對。可是有時她也會讓我感到很難受、很卑微。」

Ruth 沉思了一會。「小辛，我覺得你現在不宜做什麼，先看看你姑婆進一步的行動再說吧。不過，你不能老吃麪包了，打球的運動量這麼大，這會餓壞的。」

小辛心裏添上了一點點暖意。這段日子，她不時覺得憤怒，也經常深受感動。午飯時間就這樣過去了大半。離開之前，她在 Ruth 的監督下吃了一個蘋果，喝了一杯牛奶。只是她不知道，那是 Ruth 還未有時間吃的午餐。蘋果十分爽甜，豐富的汁液和果香久久留在牙縫間。

小辛無法忘記，那紅中帶青、鮮美的果子，心裏還產生了一點點奢望 —— 如果送蘋果來的人是陳老師，世界該多美好啊。但小辛再三想起粒仔的話，對這個有恩於自己的社會，不應該心存怨恨，反要找機會回報。即使有人抱着偏見，但這些人的看法既然叫作偏見，就不是主流了。何況身邊還有慷慨的邱醫生、溫柔的 Ruth、善良的陳阿姨、喜歡小孩的張老師、公道能幹的馬老師、可愛的粒仔和常常陪自己走路上學的邱子華？

她一個人坐在雨天操場的木凳上發愣，胡亂想着怎樣把板間房收拾整齊，一家人在狹小的天地裏儘量過潔淨清明，有尊嚴的生活。

正想着，一個人靜靜坐到她身邊來。小辛沒在意，還在沉思，對方也好像不相干的人一樣安靜地坐着。好久以後，小辛看着地面的眼睛才發現那雙熟悉的紅羚羊。

原來邱子華已經坐在她身邊好些時了，他右手拿着一個漢堡包在吃，左手繞過肚子伸過來，也拿着一個，輕輕遞給小辛。「這是生日禮物的第一部分。」他說。小辛遲疑着，但她好久沒吃過漢堡包了，真的很想吃。只是，她警覺起來，細細問道：「你——也覺得我沒吃飽嗎？」子華收起笑容，認真地看着她，眼神裏透着沉重的擔憂和無奈。他點點頭。

早熟的小辛被他熱切關愛的眼神觸動了。畢竟他是個英偉溫柔的男孩子。可是，她退縮了。自己還這麼小，家裏的情況這樣困苦，難道還有空間喜歡男孩子嗎？想到這裏，她跳了起來，笑嘻嘻地掩飾着之前一秒鐘的失態，輕佻地說：「媽媽教過我不要亂吃男孩子給的東西啊！」說完就想走開。

子華的手很長，他一把拉住了她，把她扯回凳上，自己卻站了起來。「小鬼，你多心啦！這確是生日禮物！過幾天你生日時正在放假，我怕你不答應出來跟我吃飯，才先買了這個。看，有小玩具的，這才是禮物。包子是附送的，不吃，難道扔掉？你再胡思亂想，我只好走啦。」

「不要！」小辛衝口而出。她安靜下來，拿起包子小口小口地吃。長長的幾分鐘，她和子華再沒說話。她手裏拿着快餐店隨餐附送尾指般小的塑料娃娃，享受着心裏那種簇新、難以名狀的感情的暗湧。這時，預備鈴響了。子華先站起離開，跟他剛才過來的時候一樣安靜。小辛星期天的生日約會好像還未搞定。這是否意味着這期待已久的約會要告吹？

帶着前所未有的忐忑，小辛繼續下午的課，課後如常練習。只是，她的心不在焉引起馬老師的注意，不光她不專心，阿詩也不對勁，一雙眼睛紅紅的，球只會胡亂打，莊莊升得再好都沒用。

「小辛，看球！」「是！」小辛畢竟反應快，平飛球高速移動，她立時跳起。手腕一收，球扣下了，沒有力氣，位置卻剛好打中對面的阿詩。阿詩滾倒在地，就躺在那裏，一直不肯起來。

大家跑過去，小辛也跟着跑，忽然胃裏一陣疼痛，叫她站在那裏抱住肚子，彎腰難起。大家把阿詩拉起來，讓她深呼吸，問她還要不要繼續練球。阿詩有神沒氣地搖搖頭。小辛勉強站直了，設法應付繼來的球。可是，胃部的抽痛愈來愈嚴重，終於，在一次撲球之後，輪到小辛倒在地上；阿詩和小辛都給送到醫療室。剛巧一位當了醫生的學長回來看望老師，馬上給她們檢查、開方子。馬老師十分緊張，怎麼兩位主將都在這時不舒服？過三星期就要初賽了。但她更緊張的是小辛的身體 —— 她太瘦了，這些天連扣球都沒力氣，不會真的因為家庭的困境弄成這個樣子吧？

馬老師回到球場來。莊莊追問情況。老師搖搖頭，很憂慮。「阿詩沒什麼，她只是沒睡好。小辛是胃抽筋，還須要觀察。現在，醫生寫了胃炎藥的藥名給我為小辛買藥。」「那我們該怎麼辦？」大家異口同聲叫起來，似乎把奪標的希望都放在小辛身上 —— 她卻病了。

忽然，一個聲音說：「那有什麼問題？我們在丙組的時候，沒有她，不是也拿下冠軍嗎？」讀者一定猜得到，說話的是阿詩。她這話可以是鼓勵的話，但聽在隊友耳朵裏，卻成了尖鋭的沙石，因為裏面湧動着排斥和涼薄，就連美美都覺得逆耳。但球隊什麼時候有了這種改變？連十幾個當事人都不知道。

馬老師不許小辛繼續練球，她被迫躺在牀上休息。不知怎的，餘下的練習時間裏，阿詩卻一直打得很好。南場男子甲組那邊毫不知情的邱子華，卻莫名其妙地連連失球。

14 伯樂

如果要小辛選她身邊最聰明的人，她一定會選粒仔。不過，最近粒仔的崇高地位受到嚴峻的挑戰。

那天小辛從醫療室走出來，帶着馬老師給她買來的胃炎藥和子華送的塑料小娃娃，跟司機何叔叔去姑婆家接媽媽。姑婆看了她一眼，就對媽媽說：「阿呈，孩子快生日了吧？不要忘記帶她來吃頓飯。小辛，拿你的小禮物給姑婆看看。你最近瘦了，午餐沒吃飽嗎？以後就來我這邊吃好了，我讓司機叔叔去接你。」

小辛說：「姑婆，不過因為訓練太嚴格罷了。我沒事。」

媽媽這才驚覺小辛臉色蒼白，眼睛也有點紅。她最近記性不好，可能因為還須要服藥，可能因為爸爸還未找到工作，也可能因為還在適應新的工作環境，竟然連小辛生日都要人提醒。

她捧住小辛的臉，覺得女兒真的憔悴了，又激動起來，內疚的情緒再次上湧成淚，雖然人笑着，説話時聲音帶着一點哽咽。小辛忙説：「媽媽，星期天才是嘛，我在等你和爸爸幫我慶祝呢。姑婆，您好聰明，是誰告訴您的？」

「你這小窮鬼是個有骨氣的傢伙，不因為生日，怎會接受別人的禮物？要買嗎？你也沒有錢，有錢的話就不會天天吃不飽。還有，你提過你快要十五歲了。」姑婆一面用茶盅蓋子把烏龍茶葉撥到一邊，一面細細解釋。媽媽瞪大眼睛，連手都震了，無措地坐在那裏。

姑婆瞄她一眼，冷冷道：「難過什麼啦你！孩子有機會受點苦，是你的福份哪。看，小窮鬼比你更有勇氣。吃不飽好慘嗎？文革前後你有吃飽過嗎？別來這一套，好濫情！」

小辛看着這個冷言冷語的姑婆，不知道自己到底對她是佩服還是反感，她竟然這樣對媽媽説話。「姑婆，媽媽不過因為愛我。您別這樣對她，好嗎？」

姑婆又呷了一口茶，用紙巾抹出一條茶葉枝，説：「你們怎麼不喝茶？慢慢地喝，趁熱喝，茶涼了就沒有茶味。我最怕喝涼了的茶。小辛，你應該懂得分辨，長輩對後輩説不好聽的話，是因為愛他們呢，還是因為要打擊他們。」

姑婆一語，令小辛想起充滿偏見的陳老師——不錯，陳老師的目的是打擊我們，她説的話內容大都是對的，但説話動機不對。她跟口才平平的張老師相比，高雅得多，有學問得多，但她從來沒愛過學生！對方心裏有沒有感情，連小貓小狗都會分辨，難道學生就不能感受老師的心嗎？這就是分別了，姑婆真是一針見血！小辛説：「您説得對，我們的中文老師……」

豈料姑婆搶着説：「陳綵風！哼，教而不善，死性不改！」小辛着實嚇了一跳，叫道：「姑婆，您……您認識她？」

「凡事保持鎮靜——小辛，不錯，我以前是校長，也就是她的師長、她後來的上司。」姑婆笑了，露出那一排不時會格格作響的假牙。「她的性格我最清楚。她容不下任何有天分的學生。沒有一個不裝傻的孩子逃得過她的干擾。」

「為什麼？」媽媽同小辛一起問。

「哈，不又是一種推卸責任的説法？好一個少年陰影！果真如此，我和我當年的同事就難辭其咎。那時她喜愛新文學，一直喜歡寫新詩（其實不過是一些押韻的句子，一些打油詩啦），夢想做詩人。可是因為遇上完全看不起新文學和文學創作的國文老師，受了一點苦。他是民初出生的一位老先生，出身舉人之家。他在課上説她不務正業，還大罵新詩，把你陳老師給罵哭了。」姑婆解釋：「後來我還跟這位老先生辯論了好久，我希望他能找機會鼓勵她，可他説陳綵風秉性小器、沒有胸襟，要鼓勵她嘛，他開不了口；説這番話時還一臉不屑。名師出高徒：作為老先生的弟子，陳綵風今日可謂登堂入室。」

「那後來呢？」小辛對這段陳年往事十分感興趣。

「後來？後來我才漸漸懂得：人不容易改變，受過傷害的人更不容易挽回（注意，是不容易，不是不可能）。老先生堅持己見在先，陳綵風日漸氣餒在後，最後兩人均與公開試講了和。老先生和學生一同以會考成績表為終極標準。中六以後，她考進大學的中文系，成了另一位『老』先生。老先生退休，我聘請她回母校任教——不光因為她在中文系的一級榮譽成績，也因為我希望能夠把她的創作熱誠找回來。可是，她一直離不開潛意識裏那種向後輩報復的慾望——她一看見語文好的小孩，就要他們受類似的苦。把她帶進教育專業，是我的遺憾。當然，只有你媽媽知道，我最大的遺憾是什麼。」

媽媽卻忙着為小辛憂慮，沒有處理那個「最大遺憾」帶來的問題，反而焦急地問：「姑姑，現在小辛就在她手上，我們該怎麼辦？」

姑婆瞪了媽媽一眼：「你就會擔心！小辛又不是你，她應付得來，過得了這一關，就長大了；過不了這關，頂多又變成一個陳綵風，嚇唬嚇唬下一代就能過高薪厚職的日子啦。怎麼？這是現實，到你管？老實說，誰在小學中學沒讓好幾個陳綵風欺負過？可是，欺負歸欺負，決心不讓她欺負不就行了嗎？陳綵風那一班裏頭的另一個女孩子，一樣給老先生諷刺得體無完膚，但現在已成了著名作家。她還感激老先生給她打下扎實的文字基本功呢。——不過，話説回來，陳綵風到現在還是這樣，畢竟與這人的心態有關。她以這位同學為對手，卻一直自覺在輸，才變本加厲，弄成今天這樣子的。説來真好玩。陳綵風現在只會説自己有多棒、為教育犧牲了多少、現在的孩子多不像樣……哈哈，大笑話一個。小辛，我告訴你，如果你的心比她的心大，由你來承載她，那一切就好辦了。你的心愈大，事情對你的影響就愈小，你懂嗎？」

小辛聽着，開始明白姑婆説陳老師的個人歷史，其實是在找機會啟發自己。她要自己學會什麼呢？她是不是知道了作文不及格的事？

姑婆又在説話了，她果然是小辛肚子裏的蟲，什麼都知道似的：「你奇怪我怎會知道你作文不及格的事？其實，是你媽媽把你寫的文章念給我聽，一字不漏地。那是你讓她看的。她一直牢牢地記住，這就是媽媽的心腸，她認為那位老師實在太嚴格 —— 養子方知父母恩：她念得更熟的是評語裏的每一個字。我一聽，再問一下姓名，就知道你的老師是誰。」

小辛愈來愈佩服姑婆了。可是，這也頗為恐怖，因為姑婆這人好像無所不知，無所不在似的。小辛苦笑起來。姑婆又道：「過幾天十五歲了，有什麼打算？」

小辛本想說她要去打工幫補家計，但媽媽在場，話又吞回去。豈料姑婆先發制人，竟高聲教訓小辛：「十五歲還做懶蟲？打工去吧！」

媽媽聽了急得冒汗，一面抹，一面說：「姑姑，她還小呢，下課後得忙着練球，作業也多。而且，她還要努力追上同學的水平，英語到底還不行啊。」

「當然不行，看《傲慢與偏見》要看簡本，看的時候還要逐字逐句地翻辭書，我就知道她還真的不行。但那不能成為不打工的藉口，家裏賺不夠錢，孩子就有責任。綜援是給那些完全沒有能力賺錢的人的。誰有力掙口飯吃，都該主動找工作——明天打完球，就來我這裏上班吧，媽媽可以先下班回家去。」

「姑姑，事情我可以做，讓小辛回家做作業吧。」媽媽還想為小辛説情。

「你？你懂英語嗎？有些事女兒會做，你反而做不來。明天開始吧，小辛，五點四十五分，何叔叔在學校門口等你。」

「不過，我可以不來吃午餐嗎？上學下課，也請不要來接我。我保證會自律，吃得好一點。」小辛很堅決地説。姑婆看着她良久，竟笑瞇瞇地開腔：「一言為定。工作時間六點到八點半，僱主提供晚餐，五十塊錢一小時。一、三、五開工，星期天上午半天上班，工作是陪我上教會（上教會工資同樣個算法）。下星期開始。」

媽媽和小辛瞪大眼睛，雖然每月收入不過多了千多元，但家庭經濟可以大大改善了。小辛的午餐，應該可以偶然包括一個漢堡包吧？誰料姑婆忽然又有話了：「不過，小辛，就是有錢了，也不可以亂吃東西。比如説那些漢堡包、薯條、炸雞啊，少吃為佳。」

小辛無奈地笑起來，她想起了粒仔的話：聰明人之所以聰明，很簡單，不過肯動腦筋，還因為他們願意站在別人的位置上思考問題。

「姑婆，您真棒！」小辛心裏暗暗稱讚着眼前這位滿頭銀髮、卻充滿智慧的老人。她漸漸感覺到，姑婆疼惜母親，但對自己更上層樓，那是一種充滿了期望和欣賞的愛。姑婆和蕭教練、張老師、馬老師一樣，都是自己的伯樂；而自己，一定要活好生命中的每一刻，要盡最大的努力成就他們心目中的千里馬。

15 更好的球鞋

離開校際排球聯賽只有三個星期了。除了星期一、三、五的體能早操，二、四的課後技術訓練，這個星期六，所有組別都必須回校練習。

出門前，小辛如常只吃一個包子，卻被媽媽拉住，媽媽給小辛煮了一個紅雞蛋，還塞來一個蘋果，水瓶裏裝的是清熱解毒的紅蘿蔔馬蹄茅根竹蔗水。「小辛，好好打球。生日快樂。打完球到姑婆家裏來，她說今天要給你做一頓好飯。」

「好哇，我今天的節目真豐富。不過，我明天才生日啊。」小辛爽快地答應着。媽媽說：「如果明天朋友約你怎麼辦？爸爸媽媽和姑婆先跟你慶祝嘛。」小辛這才想起，那天邱子華曾經邀她一起吃飯，只是沒有下文。

練球練了大半，馬老師讓她們暫停休息。大家隨便坐在操場旁邊的石階上喝水。馬老師走過來對大家說：「第一場，我們的對手是上屆的季軍關路輝紀念中學，也即是我們的手下敗將。不過，我們四位同學升上了甲組，她們的人卻沒怎麼變動，我們不可大意失荊州。阿詩，陳琳，你倆依照平時一樣，打主攻，美美當自由人。莊莊，你和麗松輪流升球。紫茵，月輝作助攻的，儘量打快攻。」老師說完了，加上一句：「有問題嗎？」

大家面面相覷，人人都看看小辛，有的又看看老師。老師笑而不答，那是顯而易見的策略——保留實力而已。阿詩卻因為小辛沒給列在首張出場名單內而沾沾自喜。「Yeah！我們一定能拿下這一場！」她瞟了小辛一眼，舉起雙手跟美美拍掌，美美敷衍地拍了一下，問：「那麼，小辛呢？」

老師沒有正面回答，卻說：「小辛？小辛明天生日，我特意買了蛋糕、汽水回來慶祝。」她一說完，大家「嘩」地歡呼起來。因為老師不讓大家在比賽前一個月內吃甜食，今天卻因小辛來了個例外，小辛真好啊！

蛋糕很漂亮，除了有好多芒果和藍莓，亮綠的奇異果和紅紅白白的草莓，上面更鋪了奶酪，還有用巧克力寫上的名字和祝福語「一錘定音」。這時，莊莊說：「我第一個要感謝小辛，她幫我去工場做我們的隊衣，來來去去走了多趟，還教會我升平飛球的一些技巧。我們現在的一些戰略，很依仗這樣的技術。」

之年接着說：「我感謝小辛那幾天陪我看跌打醫師。沒有她的鼓勵，我早已放棄啦。謝謝你啊，小辛！」麗松走過去抱着小辛的肩頭，撒嬌地說：「我感謝你什麼好呢？我感謝你請 Auntie 幫我繡蝴蝶小臉巾。」月輝跳過來：「不要老感謝來感謝去，該埋怨小辛連累我們吃這些讓人變胖的壞東西啊，對不對呀馬老師？」老師笑了：「月輝說她不要吃啦！」月輝慘叫道：「誰說的？我們是有難同當的呀！小辛副隊長，還不服務我們，馬上切蛋糕？」

大家鬧鬧嚷嚷的，把另外的組別都吸引過來了，北場上圍攏了二十多人。蛋糕中央點着一支紅色蠟燭，雖然火光在白日下幾乎看不見，但它確實亮着澄黃色的光。

有人叫道：「先別吹，要説願望！」小辛不知道有這樣的禮儀，她從沒試過這樣隆重地度生日。「願望嗎？」一息間，小辛心裏閃過很多念頭。

第一個出現的形象是邱子華的眼睛。小辛笑了，但她才不要説任何關於他的願望……第二個來訪的念頭，是小時候陪她度過多個生日的縣隊裏的姐妹。她們和她一同滾倒在運動地墊上，胡亂搔彼此的胳肢窩、胡亂説笑，扮楊門女將打打鬧鬧，直到「佘太君」蕭教練大喝一聲……然後是一個完全康復、不須再服藥、笑得像海豚一樣的胖媽媽，還有爸爸，不吸煙的上班的爸爸，還有姑婆，活到兩百歲的姑婆……

「好，許願了。」小辛心裏説：上帝叔叔，我很貪心，這一切我都要，可以嗎？吹熄了蠟燭，她在想，自己剛才在心裏向上帝發出的祈求，算不算一個禱告。

「説來聽聽！」「不能説，不靈驗的啦！」「暗示暗示嘛！」大家又鬧了。因為來了二十幾人，結果每人只吃到一小片蛋糕，還因為沒有刀叉紙碟，只好撕開餅店的紙盒用，發展到後來，有人更拿蛋糕上的奶酪來玩，塗到身邊人的臉上。

最後，莊莊大叫了一聲：「聽着！」她確實愈來愈有威勢，只見所有人都停住了，髒着臉，舔着手指，安靜下來。「現在送禮物！」她從背包裏拿出一個簇新的鞋盒，打開一看，啊，是一雙白色皮面、打藍綠條子的排球鞋！這雙鞋子，看起來比小辛腳上那一雙快要破的鞋子更柔軟、更避震，更適合彈跳，當然也更新、更牢固！

「這是我們球隊和馬老師合資送給你的！」大家再度趁機歡呼，胡亂開心一番。小辛雙手接過，不禁熱淚盈眶，但她還是笑得燦爛。她知道，自己終於完全融入這個羣體了。她心裏暗暗說了兩句話：「上帝叔叔，您真好；蕭教練，感謝您教我打排球！」

在這個熱鬧非常的時刻，只有兩個人的心離了羣。一個是阿詩。到了這一刻，她才承認自己被邊緣化了。但這是因為什麼呢？她還沒有時間深究，也無法釋懷。反正，小辛不會是自己的朋友，但她只會暗暗認輸：小辛的確是個厲害的人物。她好像什麼都沒做，就贏得好多人的心。

模糊地，幾乎是被迫地，阿詩擠到莊莊身邊，小聲說：「你還沒有收我那一份禮物錢。」莊莊驚訝地看了她一眼，馬上陽光滿面，低聲回答：「好哇，總不會漏掉你的份兒。我們是一隊人嘛。小辛知道你有份送她禮物，一定很開心。」

另一個人是邱子華。他站在喧嘩的人堆裏，感到一種清晰而深刻的寂寞——小辛原來並不屬於他一個人，她身邊有這麼多好朋友，她是大家的，是學校的，甚至是香港的。自己十八歲了，快要考大學，感情卻像剛剛出界的飄球，落在錯誤的硬地上，卻沒有丁點兒踏實的感覺。

子華離開北場的人羣，回到自己的場區。不過，每天早上的路他還是要走。如果能夠再度遇上她，才送她禮物吧。這時，手提電話響起來，是大哥打來的。

「子華，你不是說小辛要找工作嗎？到我這兒來幫忙吧。診所即將電腦化，我們的資料輸入工作還那麼多，你卻要考大學了，讓她代替你好了。」子華淡淡地答應着，掛了線。他忽然明白了一件事。大哥對小辛的關懷，同學對小辛的愛護，隊友對小辛的親切，跟自己多麼不一樣啊。原來自己這幾個月來對小辛的照顧，並非出自純粹的友愛。

子華站在球場的暗角，一時不知道該怎麼辦。此刻，有人從遠處叫他。阿詩用紙托着一小塊蛋糕，正從北場向他走過來。他笑了一下，眼睛還在找尋小辛。只見她在隊友的簇擁下，正蹲在地上穿上新球鞋。那雙鞋子明亮如白天，上面的藍色像天空，翠綠像原野，白色是天上的海鷗和鴿子；穿在小辛的腳上，和她又長又直且曬得黝黑的腿配合得天衣無縫，好像全世界只有這樣的一雙鞋子，才能表達小辛敢愛敢恨，大自然一樣的性格。

子華摸摸自己的背包，裏面一個硬硬的盒子突出幾個尖角，那裏面有一雙他自己喜歡的紅羚羊。他早就注意到小辛的球鞋破爛，覺得她有需要，才決定買來做禮物。放下背包，他接過阿詩遞來的蛋糕，更感落寞。

小辛是不會應邀吃飯的了。明天的約會嗎？還是算了吧。有一刻，他覺得阿詩原來是非常溫柔的；心裏湧出一陣衝動，他想把辛苦幫大哥打工掙回來的那一雙鞋子送給阿詩。因為更好的鞋子，小辛已經有了。

16 媽媽的病源

媽媽從姑婆那裏請了假，在醫務所內等了大半句鐘，小辛和媽媽才一同走進邱子運醫生的診症室。邱醫生把這個狹小的地方佈置得很舒適，他不喜歡隔着書桌跟病人説話，也不愛穿白袍，看來像個老師多於大夫。他在自己位子旁邊放了一張二人沙發，讓病人和家屬都坐得舒舒服服的。他從靠窗的書桌上的病歷堆裏回過頭來，看見是她們，顯得特別開心，像個熟朋友。

「閔太太，看見你真好，最近不錯吧？請坐。小辛，怎麼你不來幫我的忙？」小辛和媽媽都聽不懂，就瞪大眼睛看着他：「幫忙？」邱醫生笑起來，忙把手上的東西撥到一邊，打開媽媽的病歷。「啊，是我問得太奇怪。來，閔太太，你先告訴我，這些天覺得怎麼樣？能睡嗎？」

「醫生，我這幾天特別好，沒用藥睡覺了。睡不牢，可是能入睡。白天精神還是可以的。到了中午，我在姑姑那裏會小睡二十分鐘。」

「睡覺前有喜歡想的事情嗎？記得我讓你睡前想想小辛在打球嗎？」邱醫生遞給小辛一顆維他命糖，把她看作小孩似的。小辛不客氣，打開吃了，還要求道：「媽媽這些天也能吃，胃口好多了。請你也給她一顆。」醫生笑着照樣做了。

媽媽接過糖，沒打開，認真地回答問題：「其實，我睡前都只想幾件事。第一，我先生失業，我希望他能找到工作。第二，我擔心小辛營養不夠，她每天練球，需要很多體力。想着這些我就不能睡。可是我確也會想像小辛代表學校打排球，每次想到她能夠再次打球，我就能鬆弛下來。」

邱醫生托起眼鏡看着媽媽，打從心底覺得奇怪。「我幾個兄弟都打排球，爸爸媽媽只會勸他們少打一點，好好讀書，你為何對孩子的運動愛好這樣緊張？」

媽媽看看身邊的小辛，欲言又止。醫生說：「小辛要出去走走嗎？」媽媽遲疑了一會，搖搖頭。「不，她長大了，我想把心裏的感受告訴她。這幾個月，我覺得是女兒一直在照顧我，我反倒忽略了她。」

「媽媽……」小辛拉着媽媽的手。

「所以你覺得內疚，對不對？」醫生問。

媽媽點點頭。「我不該把小辛帶來香港。她在縣隊打球已一段時間，她的教練告訴我，省隊的教練團已經選中她，準備重點培養。可是，我沒讓小辛知道，連蕭教練都被迫答應我不透露半句，讓她安心來港。」媽媽說話開始困難了：「我一意孤行要來香港，只是我個人的意願。」

小辛聽了，馬上想到那天偷聽到的爸爸媽媽的話，低頭裝作什麼都不知道。

邱醫生換了一個坐姿，好像很輕鬆的樣子。「夫妻分開兩地，當然不好，來港和丈夫相聚，當然比打排球重要。

這竟然令你這樣內疚嗎？」

「這個，很難解釋……我當年是為了要來香港，才嫁給小辛爸爸的。他比我大十七歲，是建築工人，專做紮鐵工作，行內也算是個專業。我本來……本來想過一到香港就……可她爸爸對我實在好，可謂無微不至，甚至比我娘家的至親待我更好。後來，我不忍心離開他，這倒是我原先沒想到的……所以我特別難過。不過後來我告訴自己，婚也結了，孩子又這麼懂事，……就算是認命吧。」

小辛雖然早就知道此事，但這一次聽，心頭再次冷得打顫。爸爸好可憐啊。媽媽沒哭，小辛的淚水先來了。邱醫生遞給她一張紙巾，微笑說：「這也不奇怪。我爺爺和奶奶也是盲婚的，結果感情好得不得了。我奶奶比我爺爺小很多呢。婚姻是用心經營出來的，不能單靠一時的熱情。你們這樣也不錯呀。你看小辛多棒。」邱醫生說的每一句都是鼓勵的話。

媽媽看看小辛，安慰地笑了。「是的，這孩子特別會照顧人，像他爸爸。我只是沒想到，他爸爸住的是這樣的地方。小辛小時候參加集訓，我就過來看她爸爸。每一次，我都很不願意再來——但是，二十年前家父臨終的時候，我答應過他一定要回到香港生活……」

她又回頭看看小辛，説下去：「家父自己呢，剛好相反，1952 年，他還在讀大學，為了要娶我媽（我媽那時很有革命意識，怎麼説都不肯到香港來），他離開了在香港與他相依為命的親人，就是他雙生的姐姐，一句話沒留下就從香港回到國內去生活。後來他説，自己實在無法面對離開姐姐的內疚。那一年，他們原來富有的家，經濟急轉直下，姐姐為了他能夠完成學業，也為了替家庭還債，就犧牲自己，嫁給一個有錢的商人。可我爸沒讀完大學就回內地去，後來不知怎的，姐弟倆失去聯絡。家父一直説自己是個忘恩負義的人。」

「啊，那姐姐就是姑婆……」小辛推算着外公、媽媽和姑婆的年齡，暗暗驚呼。醫生很認真地聽着媽媽説故事。可他也會不時插進幾句話：「五二年回到內地去，那就是説，令尊和令堂這幾十年來經歷過幾次的政治鬥爭了。有時候恩義兩難全，誰在那種處境裏，都無法對應情勢。」邱醫生很聰明，暗暗提示許多事情之所以發生，源自客觀環境，不是誰的錯。

媽媽點點頭。她用平靜的聲音說着小辛聽不大懂的話。「文革初期，我媽因為嫁了給香港人，給抄家時又因死命抱住外婆的骨灰盒，定性為壞分子，給打了，後來借傷成毒，傷口發炎，我爸找不到藥和醫生，媽就死了。爸爸也給打了，只是熬了過去。即使傷痛，他只能草草埋葬我媽，抱着我乘夜逃到內蒙古去，在農村過着種田、放牧的日子。他沒辦法忘記我媽的死，結果，我才二十多歲的時候，爸爸也鬱鬱而終。他咽氣前，一定要我答應他，無論用什麼方法，都要到香港去—— 去找姑姑，代他向她叩頭道歉，還要向她認錯，並讓我供養她一生。沒想到，現在我反倒要姑姑照顧。他還說，要是姑姑去世了，我就得在香港生活，或移民外地，打死不許再回到內地去——當時我是發過誓的，想起來真不該，畢竟那是我的祖國，而且，現在已經不是文革時代了。—— 嗯，就這樣，為了守諾言，我託人介紹，輾轉認識了小辛的爸爸。他很喜歡我，沒三個月，我們就結婚了。」

「媽媽……」小辛站起來，伏在牆角喘不過氣來，原來她聽着聽着，流下淚來了。她說：「媽媽，我們可不能永遠不再回故鄉的……我好想念教練，同學，還有我們的屋子啊……」

邱醫生不再説話，只低頭寫字。他知道，這些時刻，自己應該退後一步，讓病人親自尋回過去。畢竟那段時間的國情就是這樣，手無寸鐵的老百姓，怎能抵擋盲目激烈的政治海嘯呢？

看着眼前的母女，他又想起自己的奶奶，還有非洲那些天天走向死亡的病童天真的大眼睛。愛與承諾，親情和理性，竟也可以成為錯誤的操控和痛苦的源頭嗎？他的眼睛也濡濕了。

「閔太太，你的處境，本來就是許多人的處境。如果你見過非洲的母親怎樣看着自己的孩子一個一個地死去，你會更明白這個世界。令尊已經離世，你認為如今誰對你最重要呢？」

媽媽緩緩轉頭看着小辛。邱醫生説：「我也有難以克服的悲痛。不過我一直在想，什麼叫做守信，什麼叫做忠誠呢？假如你光看見你對令尊的承諾，而沒辦法看見你對他的愛，那你的諾言就白守了。愛不是為對方做不該做的事，而是懂得怎樣去呼應對方真正的需要；假如你今天光懂得內疚，老覺得自己對不起父母、丈夫、女兒和自己，你就會延續這個悲劇。你的內疚會妨礙你和丈夫、女兒的相處。既來之、則安之，香港是個好地方，這裏大部分人坦誠、熱情，有一天你會感受得到。小辛比你更懂得生活的藝術。而且，她從沒有因為不合理的承諾而放棄自己的追求——看，她又打排球了。」

媽媽一直聽，一直用力點頭。小辛把淚水擦乾的時候，媽媽終於懂得哭了。

許久之後，邱醫生説：「閔太太，你回去吧，以後，不要再這樣了。」又説：「抗抑鬱藥須要再服一段時間，鎮靜劑可以不用。你懂得把感情表達出來，非常勇敢，能夠這樣，痊癒的一天就在望。——對了，小辛，你為什麼沒有回覆我？你要不要來打工？我等着你幫忙做資料輸入工作呢？」

小辛聞言再次愣住。這時，有人敲門，護士姐姐把一個人帶了進來。

17 飄球

診症室裏站着的是邱子華。邱醫生一看見他，就問：「咦，你也來了？為何不約定小辛一塊兒來？啊，對了，你忘記通知小辛啦？閔太太，我想請小辛幫忙輸入一些舊資料，你會答應嗎？小辛，聽説你剛生日了，對嗎？下星期我一定會補上禮物。」

媽媽看看小辛，又看看子華，既擔心又感激，就説：「好，這當然好。邱醫生，如果小辛有時間，我一定讓她過來學習，可是，她剛答應了姑婆……」

「媽媽，我沒問題。現在，爸爸可以管理家務，我星

期二、四練完球就可以過來。邱醫生，六點到八點，可以嗎？」小辛很堅強，斬釘截鐵地回答。

媽媽和子華都關切地看着她。她已經那麼瘦，還能這樣熬下去嗎？不過，他們都很了解小辛的性格，她說得出口，是一定要做到的。

但這一次，小辛私下卻有點擔心。她想起粒仔的口訣——「九點半後唔識人」的理想生活，自顧自地搖頭苦笑。子華看着就心痛，更莫說媽媽了。

離去的時候，小辛回頭一笑，很頑皮的樣子。「早上見！」她對子華說。子華看着她們走到街上，才放下大書包。護士姐姐笑他：「眼光不錯啊，小朋友！小辛真是個好女孩；每一次收她手上遞來的錢，我都感到那裏面的血汗在喊叫。」

子華點點頭，但一想，這就等於默認了，不過，也無所謂了，反正沒事會發生。他輕輕打開背包，拿出一個鞋盒，交給邱醫生。

「大哥，快開賽了，這段日子測驗較多，我大概不會常過來了。你可以把這個交給小辛嗎？就説是你送的吧。——反正你未買生日禮物。」邱醫生畢竟閲歷豐富，看他一眼，大叫道：「這種事嘛……我心目中的禮物又不是鞋子，而且紅羚羊有點老套，哈，很難做……不過，考大學還是很重要的，好，我就幫你這個忙。」

「還有，小辛的運動量太大，午餐胡亂吃，放學還要到姑婆家裏打工，如果每次只要她來一個小時，讓她早點回家，可以嗎？還有，大哥你可以監管她吃一點維生素……還有……」

邱醫生哈哈大笑起來：「我的小弟呀，居然學會照顧他人了！小辛只來一個小時，用來開關電腦啊？你還有多少個『還有』？從送禮到營養——你好像在託孤呢！好，為了你這個秋天能打球、明年春天能專心考大學，我全都答應。」

護士姐姐看着子華，歎一口氣道：「我平生從沒遇上過這麼好的男孩子。」邱醫生説：「胡説，我難道比他更遜呀？小弟，來，你自己招供，在家裏的聲望，是我好還是你好？——唉，不過，千萬不要誤會，我不是在追你呀。

你那個開書店的年輕老闆，也不差呢。」

這些調侃話子華都沒聽進去，他覺得自己是來跟小辛道別的。但那是為什麼呢？小辛不是明明說好「早上見」的嗎？ 可他還是很傷感，未被拒絕、也未曾開始的感情——果真只是一個開失的飄球？

那天，阿詩拿蛋糕過來的時候，問了他幾個問題：「邱子華，要吃蛋糕嗎？」子華恍恍惚惚地說好，謝過了她。她又問：「蛋糕好吃嗎？」子華迷迷糊糊地點頭。那一刻，他心思紊亂，突如其來地覺得小辛不再需要他了，學長的關愛來到了止步的三米線。像一個後排球員無法在更前的位置起跳，白白看着升起待扣的球兒落地。

阿詩仍繼續她的問題遊戲：「為什麼好吃？因為拿它過來的人，還是因為忘記拿它過來的人？」子華一時無法領會，想弄清楚：「什麼叫做拿不拿的人？」阿詩低頭歎氣，等他吃完，就把那剩過蛋糕的紙片拿去扔了。……

如今想起這位樣子標致身材高眺口袋有錢成績一流球技超班的刁蠻公主，子華覺得與她感同身受。不過，感同身受歸感同身受，對手打失了球，即使再明白那一球是怎樣丟失的，對手還是對手，分數始終不會給她。子華推開了一道又一道厚重的情緒之門，終於走進自己的感情核心。

哥哥和護士姐姐還在調侃他，他卻沒有辦法讓他們明白自己的心情。小辛不過中一，自己卻要考大學了，理性像一個突如其來的快攻球，贏了一大段路，即使伸盡了手，做足騰空魚躍還是絲毫觸不到。「潑」的一聲，自己趴在地上，球卻飛走了。只怕要更用勁才爬得起來。

「大哥，我們回家吃飯吧，我明天生物測驗。小辛……還不過是個小孩子。」他拿起書包，自顧自地往外走。邱醫生回頭交代護士姐姐關門，追了上來。

「小孩子？對我來說，你也算一個。專心考大學，好！考上大學，眼前的世界是會大大改變的。到時，說不定某些人、某些事會頑強地留下來。如果真的這樣，我恭喜你。但無論怎樣，大哥支持你的決定。」

清晨上學，子華用極大的意志登上一輛巴士。他在上層找到一個安靜的角落坐下。在人車未多的路上，巴士暢順地前行，他把大書包抱在懷裏，好像要填滿一個忽然到訪的空洞。

樹梢掠過窗子，細細的葉脈湊近貼耳的玻璃。陽光斜射進來，窗子卻是關着的。子華用手輕輕推了推，又看看頭頂的冷氣風口，覺得這秋天實在有點冷。他打開筆記，看了一整頁，都沒有辦法看得進去。他的眼睛總是離不開窗外的人行路。他又嘗試回到筆記上，如是者數度來回，他長長地呼出一口氣，最後任由目光重新飛到窗外去。

那條熟悉的馬路，那個總是在冒煙的垃圾桶，那崩了一角的石壆，那個帶着小男孩在等校車，隨便束起馬尾的媽媽，那中醫師脱漆招牌上紅色的手寫字，那賣腸粉小販的皺眉，那個女孩……嗯，那個倔強的短髮女孩……子華定睛一看，啊，怎麼，正是她！小辛背着書包，穿上了簇新的球鞋快步走路，兩臂用力擺動着，明顯是在趕時間。子華看看腕錶，啊，難道剛才她在街頭等自己，才弄得這樣遲？不錯，她明明説過「早上見」的，只是自己故意忘記這句話……

他把筆記匆匆塞進書包，極快地往下跑，按了下車鈴，叮噹的響聲呼之即來，可是巴士仍在往前衝，無論小辛腳步多快，還是追不上。子華非常無奈，站在下車的門邊等車子停下來。可是，一個又一個街口滑過了，茶餐廳外的蛋撻椰撻滑過了，載滿紙皮的手推車、老婆婆穿着的踩踭白飯魚[9]滑過了，麵包店溢出的香氣也滑過了，子華還是無法叫得住這巨大的鋼鐵牢籠。在他幾乎放棄之際，車子卻安然停在某一個站頭上。車門打開，子華跳下這移動的屋子，重新感到自由。他再次看看腕錶，目送車子離去。

他這樣決定了，就站在街頭等待。剛才好好坐在位子上，子華的不安無法處理，如今落在喧鬧無序的街頭，心裏反覺平安。他開始明白自己和小辛的位置，雖然差了一大截路，可怎麼説兩人還是走在同一條路上：只要肯等待，她遲早會走到這裏來。

就在這時，那遙遠朦朧的身影漸漸從人羣中冒出來了。小辛一米七二的高度早已趕上了許多大叔和伯伯。從

9 香港人稱最廉價的白帆布鞋為「白飯魚」，勞工階級多穿這種鞋子。踩踭指鞋子舊了，穿的人把腳跟部分踩平，當作拖鞋那樣繼續穿。

遠處看，她是個大女孩了。她靈巧輕快的腳步動作很仔細，但移動得不快，那段路，子華恨不得替她跑了。但是，他努力站定在自己的位置上等待。

十秒，二十秒，三十秒……小辛終於走到他面前來。他該高聲叫她嗎？他要不要迎上去？小辛傻傻的只顧低頭走，腳步很穩定。子華還未決定怎麼辦，小辛便掠過了他。他讓她走了幾步，慢慢地追上去。不過，他一直沒叫她，直到學校大門在望。忽然，他快步超越了小辛，張開雙臂，攔在她面前，臉上的笑容天真得像一個偶然遇上的同學。

18 第一份差事

自從那天陪媽媽到邱醫生那兒看病，小辛對姑婆的整個感覺完全清晰了，好像照相機鏡頭對了焦。她在心裏定意，要代多情且愛國的外公外婆跟他們至愛的姐姐言歸於好。

八十出頭的姑婆，看起來非常健康。她作息有序，生活節奏出奇地穩定，行止不忙不亂，脾性不惱不躁，話語裏的尖刻總能用最出人意表的幽默來調和，真是個既有棱角、也能親近的可愛老奶奶，小辛老覺得七十年後的粒仔一定就是這樣子的。粒仔聽了，說：「承你貴言！你姑婆幾點睡覺？」小辛說：「聽說是晚上九點。」粒仔歎氣：「我們果然是最勞苦的一代。」小辛給他氣個半死。

星期一練過球，小辛就給何叔叔接到姑婆家裏。

第一天，姑婆要小辛先完成的工作，竟然就是她自己的作業！但小辛轉眼就做完了。然後是晚餐。她吃着特別豐富的菜餚，嘴巴很受用，裏頭卻不自在。飯後她開始找事做，她先想到幫忙洗碗，但在廚房給趕了出來，後來她想去餵貓，但貓斜睨着她，不吃她給的東西，最接近工作的，要算是幫姑婆「包書」了。兩個半小時很艱難才過去，小辛覺得這樣白拿工資實在不好。

星期三晚飯後，姑婆還堅持讓小辛做一點作業，說她要先洗澡。洗完了，竟已穿了睡衣，對不知所措的小辛說：「來，到我房間裏給我念書。」

姑婆的房間很雅致，四面是米白色的牆，雖然不是書房，還是放了好些書，大部分是英文的。牀布是小格子大格子麻棕色，地上盡是杏色地毯。窗外有一棵樹，窗台上種了些蘭草。姑婆沒有梳妝台，只有一面小小的鏡子，放在牀頭几上。鏡子旁邊是一個鏡框，框住一張發黃的黑白照，裏面有一雙小孩，一個男，一個女，頭髮都梳得整齊油亮。小辛知道那就是她和外公了。小男孩的臉很寬廣，笑起來有一個酒窩，女孩的辮子編得頗為複雜；從上半身的服飾估計，她穿的是西服裙子，頗為時髦。小辛聽説雙生子女都是深愛着對方的，只有愛情可以把他們分開。但是，人生真的不可能兩全其美嗎？

「看夠了嗎？那是我的弟弟，你的外公。看夠了就去拿出你那本《傲慢與偏見》，讀給我聽。」姑婆説。

「那個，那個我還不大會讀啊。」小辛很意外。可是她卻不由自主地把書連同她的小詞典都拿了出來。姑婆拾起字典翻了兩翻，順手撿來了另一本。「開始吧。」

小辛的艱苦工作開始了。她用了很長時間才學會怎樣讀「Prejudice」這個詞。裏面的「j」最難發音。兩人一直讀來讀去，弄了一個多小時，小辛才讀懂半頁紙。最後，小辛勉強完成了，姑婆卻要她連讀十遍。小辛讀着讀着，姑婆竟已閉上眼睛。小辛試探着停了一下，姑婆説：「Go on！」小辛知道她還在聽，只好又讀下去。她試着停了幾次，姑婆都馬上反應。十次完成了，姑婆説：「很好。你回家吧，何叔叔在等你了。」

小辛走到大廳，抬頭一看，正好八點半。司機何叔叔笑着在等她。「應付得來嗎？」小辛搖搖頭。何叔叔還是笑。「過些時間就好。」「我覺得自己在學英文，不是在打工。」「也不能這樣說。老奶奶好想找人陪。她一直要人讀書給她聽，才能睡覺。」「原來是這樣嗎？」「我也覺得奇怪，她常常説我們不會英語，要阿秀姐和我讀中文。就是讀中文，也常常給她修正 —— 普通話我們固然不行，就是廣東話，她也嫌我們 N 和 L 不分，更討厭我們的懶音。你的英語一定很棒，否則老太太不會接受。」

小辛跟着何叔叔走到車子旁。叔叔為她打開了後面的門。小辛説：「何叔叔，我可以坐在前面嗎？」叔叔回答説：「不大好吧？你畢竟是小表小姐啊。」小辛哈哈大笑起來：「不對，不對，根據姑婆的講法，我們是同事呢！」叔叔抓抓頭：「這也是。小表小姐果然是不同的。」

車子上，小辛摸摸自己的肚子。今天真的吃得很飽 —— 帶子蒸豆腐，白灼菜心，可樂排骨和番茄土豆湯，還有一大堆英文字……司機叔叔輕輕推她的肩頭，她才知道已經到家了。小辛説：「何叔叔，謝謝你這段日子常常幫助我。不過，今天是我最後一天到這裏上班了。」

何叔叔驚奇地看着她，臉上寫滿了問號。

辭職

親愛的姑婆：

我請媽媽把這封信帶給您，是要向您辭職（我保證，這封信媽媽沒看過。她答應了我不看的。媽媽是絕對有信用的。）

將來，我還是會常常上您家的，因為您是我的姑婆，是我最敬愛的長輩。這兩個工作天，您讓我先做自己的作業，又讓我讀英文給您聽，吃飯的時候您監督着我把滿滿的兩碗米飯連同很多菜和肉吃完。這一切，我知道，都出於您對我的關怀。我這樣寫是不是有點肉麻？但這確是我的感受。

可是，姑婆，我再說一遍，我要向您辭職了。為了幫助我們，您用盡方法保持我們的尊嚴。您要我明白事理，要媽媽自食其力，還想我在英語上迎頭趕上。這一切，我都看得出來。現在，我找到了另一份工作，負責電腦輸入，從明天起，我就去邱醫生的醫務所上班，姑婆，請讓我去試試看。

您當年為了供我外祖父讀書，犧牲學業和個人幸福的事，我都知道了。您生外祖父的氣，覺得他浪費了一生，也恨他不顧而去，你的感受，我也慢慢體會到了。但請您也看看，媽媽嫁到香港來，就是因為她答應了外公要代替他回來報答您的恩情。這我卻不曉得您是否知道。為了外公，也為了媽媽，更因為您自己，爸爸和我也會盡力孝順您。我還希望您知道，外公一直沒有忘記您這位好姐姐，他對您的愛和內疚，只有媽媽明白。我懇求您找機會和媽媽細談，對她說您已經原諒了外公。這說不定對媽媽的康復有幫助。

我還有一個請求。請你教我讀英語。我保證會用心學習。

我家的經濟問題，基本上解決了。現在爸爸幫忙帶房東太太陳阿姨的小孫子小洛洛，有一點工資，因為陳阿姨的外孫女出生了，她天天要過去女兒那邊幫她坐月子。她還說，女兒復原以後，她會去讀老人進修課程。她說自己已經好久沒那麼自由了。至於邱醫生那邊，如果護士姐姐想放假，我更會幫忙做登記的工作。姑婆，您放心好了，到時我還會有額外的收入。

還有一事我沒告訴您。媽媽已經開始到醫管局的醫院去看病了，我們在這方面的開支省下了不少呢。

請代我問候阿秀姐和可愛的何叔叔。

祝您

身體健康

姪孫女
小辛
敬上

二零零八年十一月二十三日

19 奪冠

好幾個星期六過去了，小辛學校裏的幾個球隊都過關斬將、所向無敵，唯獨女子乙組的優勢比較小。但小辛在準決賽以前尚未出過場，老師要她忍耐，忍得她好辛苦。上星期她們隊先落後一局，老師才讓她進場。她一下去就連奪八分，把整個球場內的各個隊伍和啦啦隊都嚇壞了。打完了，即有兩家名校的教練過來找她聊天。但港隊的雷教練和潘教練卻沒過來，他們只走去和馬老師說話。不過，馬老師什麼都沒對小辛說。

今天是男子甲組和女子乙組的總決賽，馬老師說會讓她一開始就當正選。小辛很早就到體育館熱身了。子華他們同場早段打決賽。小辛答應過他一定會去看他打這場比賽的，因為這是他在中學生涯裏的最後一場大賽了。

看台上陸陸續續來了隊友，阿詩她們也一個一個到了。兩隊高大的男孩子正在熱身。子華腳上的紅羚羊格外耀眼，小辛一眼就認出了他。她很喜歡這一雙鞋子，可它們很貴啊。他的腿又長又直，深藍近黑的排球球衣上是耀眼的白色英文名字簡寫：T.W.Yau。小辛知道，自己的背上也有鮮明的名字。子華是球隊的主攻手，更是許多女同學的偶像。但對小辛來說，他比偶像更重要。他是她的朋友，是她可以信任的人。忽然，一個排球滾到腳下，小辛本能地把它撿起，過來取回的竟然正是他。他拿了從小辛手上遞過來的球，笑得很燦爛。他走開了，走了幾步，又回過頭來對小辛說：「如果我們今天輸掉，晚上可以請你吃飯嗎？」小辛很不明白：「怎麼，輸掉還去慶祝？」

「小傻瓜，贏了的話，全隊要去慶功，那當然是老師請。如果輸了，我們請老師，算是補償，那你們也一同來吧。這也算是我『閉關』讀書之前的告別儀式啦。還有，你看，誰在那邊？」小辛回頭往觀眾台上面看，穿着運動服的邱子運醫生正在向她揮手。說了這許多話，隊友不耐煩了，都在亂叫一通，説他大賽臨頭還放不下女孩子。

邱子華拍拍她的頭：「我絕不會為你而故意輸掉的，別自大啊！」小辛聽後，本能地笑了一頓，但她同時察覺到，自己竟為這句笑話感到一點點難過。她甩甩頭，根本不知道自己在想什麼。邱子華，要好好作戰啊！她又在祝福了：上帝叔叔，請您讓他們贏吧。説完了又覺得上帝叔叔其實也愛看球賽，該不會刻意左右勝敗的。

球賽開始了，決賽實在不容易打。對方是身材魁宏、擁有三個香港隊青年軍的貴族男校，個別技術明顯比子華他們優勝。第一局，他們的重扣每每得手，得手後高聲尖叫，氣焰得很。子華他們的隊長姜朗宏是自由人，為了接殺球而到處奔跑，未幾已疲於奔命，前排根本無法托得起直衝三米線的快攻球。幸好第一次暫停之後，有了一點變化。在翁老師的指導下，整個球隊的中心往前移動了一點，攔網的隊員也漸漸掌握了對方的攻擊習慣，把幾個球回擊到對方的場區。不過因為初段已經失了好些分，沒辦法，第一局還是輸了。

小辛很緊張，連牙關都咬緊了。可看看旁邊的阿詩，她更是神經質得整個人站了起來，擋住視線，後面的人拉了她幾把，她不久又再站起來。小辛第一次感覺到她完全忘記了自己，整個人都融化在邱子華的動作裏。

子華狀態極佳。第二局一開始，他即來了個後排攻擊，對方措手不及；他們一直以來都因自己攻擊力強，忽略防守。甲組的大哥哥就看準了他們這個弱點，不斷改變攻擊方法，連取五分。對方的明星球員不免互相埋怨，隊伍失去了信心。暫停號又吹響了，沒想到，對方的教練竟然對着那些明星隊員氣沖沖地吼叫。這邊廂，翁老師卻對隊員小聲説，大家要趁勢對準那邊最愛埋怨的兩個大槌手來攻擊，因為他們只喜歡表演扣殺，不愛勞苦救球。這一招果然奏效，那兩個人氣上心頭，球隊漸漸分裂。他們的教練開始焦躁，把其中一個換走了，以求恢復合作精神。換進來的那個小師弟卻經驗不足，一開始就開失了球，接而又讓子華和阿杰打中了幾次，臉都紅了。對方教練只好把那位高手又送進場裏，可惜第二局已經返魂無術。子華他們追回一局。

到了決勝局，大家爭持得更厲害，一分一分地拉鋸，輪流領先。如今已到了二十四比二十三，子華他們只領先一分。小辛握着的拳頭裏盡是汗水。阿詩掩住臉，不敢看了！子華開球了，他的扣球式發球是對方最害怕的。看，他的左手舉起了球，右手的手肘提得很後、很高，接而一擊而下，對方以為又是一條典型的重扣拋物線，球員都衝前到球場中央。可是，那球卻像一片黃藍色彩帆，輕輕順風而行，滑過了所有對手的頭顱，飄飄漾漾地往界外飛去。對手們一起大叫：Out！

全場的眼睛跟着球飛行，預計這一球開壞了，都在暗暗擔心。但經驗豐富的小辛卻首先叫了一聲響徹雲霄的「好」——就在最後瞬間，球好像突然失去了浮力，猛地往下墜，「潑」的一聲，正好落在界內。求證的紅旗往地面一指，勝利在眾人的意料之外突然到臨。全場有一秒鐘的死寂，然後起碼大半觀眾「霍」地跳起來叫喊，拚命拍手，暄嘩，哈哈大笑，互相祝賀。

這一刻，小辛與身邊的隊友緊緊擁抱起來，兩人更一同跳起。後來她和阿詩都發現自己抱住的正是對方，兩人一陣驚訝，卻又歡喜得哈哈哈地大笑起來。小辛又看看子華，正遇上他回頭一笑；但因為自己和阿詩站在一起，小辛無法分清他正在向誰笑。但這有什麼分別呢？她和阿詩都那麼快樂，因為學校贏得第三項冠軍了。

馬老師的叫聲讓她們蘇醒過來。她倆的競爭終於在歡樂的場景裏結束了，從這一秒鐘開始，二人必須並肩作戰。最後一場比賽馬上要揭幕了。此刻，她回頭尋找子華。但他已經沒入人海，看不見了。不過，小辛肯定，在更高的位置上，他一定會看着她完成整場比賽。而説過會來的媽媽，也必已坐在某個角落裏。小辛想到這裏，就感到渾身是勁，連遠在陳阿姨牀上睡午覺的洛洛，也成了自己的力量。

莊莊帶着大家奔跑着進場的時候，場內的每一角落馬上翻起了新一浪的歡呼。香港校際女子排球聯賽的總決賽馬上要進行了。從球場到球場，小辛走了好大的一個圈，又回到熟悉的激情和歸屬感裏；她知道，自己一定會在這個素未謀面的球場上扎根、長葉、開花和結果，她要把這濕冷的異鄉變成溫暖的家園。

相聚有時

寄件者：minxiaoxin@friendmail.com.hk

收件者：090037452@syduniversity.edu.com

寄件日期：16 Dec, 2013

親愛的子華：

找到了你真好！知道你會到悉尼國際機場來接我們，我更是開心得無法入睡。我會按照你的吩咐，多帶保暖衣服，也會幫邱醫生把禮物帶過來。雷教練説，我們黎明到達後，第一天可以放假，晚上七點回到青年旅舍就可以了，我們是不是一同去爬悉尼大橋？好些香港青年隊的隊員都有親人來接，其中一個是莊莊，你記得她嗎？她們也會放大半天假。我是第一次來澳洲呢！你説你還會帶我到漁人碼頭吃東西，我從今天起就不吃飯，等你餵飽我，哈哈。

這次與亞太區各市的青年隊打友誼賽，總共會逗留四天，然後大隊會到新加坡和馬來西亞繼續作賽。我加入香港女排青年軍快三年了，你明年也將完成實習，回到香港來。時間過得真快，説起來，不知道該快樂還是傷感。回來以後，你就是專業藥劑師啦，真叫人期待，可惜我一點不想吃藥。想起來，你可以跟你大哥並肩工作了，你期待這一天嗎？

上星期，我們一家終於搬進了公共屋邨，那單位的實用面積雖然只有幾百平方英尺，但我們真真正正有一個家了。屋邨在很遠很遠的天水圍，原來一程西鐵就能直達，聽起來很遠的地方，只要去過一次，就知道原來很接近。車費是比較貴，但爸爸媽媽現在工作穩定，我也為兩個小學生補習功課，一點問題都沒有了！我最捨不得的是陳阿姨和小洛洛 —— 他已經讀幼稚園啦！（順便送你一張小洛洛和我一起拍的照片。另一張是馬老師的結婚照，新娘好漂亮，是嗎？對了，你知道那一種是最好的減肥藥嗎？不要驚慌 —— 愈來愈胖的不是我，是陳阿姨。她這兩年重了很多，動作更遲緩了，帶洛洛和小孫女帶得很辛苦。）

子華，姑婆上月初在睡夢中安詳地去世了，享年八十四歲。她把近兩億的遺產送到教會的辦學機構去。餘下的幾千萬，她全捐給了國內的辦學團體。葬禮上，我感到自己實在以她為榮。她一生奉獻給教育工作，嘴巴雖然硬，心腸卻是極好的。安息禮拜還未開始，禮堂裏已坐了六七百人，大都是她以前的學生和同事，還有教會裏的弟兄姊妹。姑婆的親戚不多，只有我們一家在她教會的幫助下為她辦喪事。她還送了一份禮物給我，由律師保管着。但我必須在取得學士學位之後才可以領取，因此我現在還不知道那是什麼。

安息禮拜上牧師短短的勉勵讓我很感動。我隨姑婆到禮拜堂去許多年了，都沒有這樣的感覺，她離開了，我才體會到牧師的話。他說，人生最渴望得到的是愛，最大的現實卻是分離和寂寞。相愛的人會被處境、地域、年齡、政治、文化、積怨、生死或自我中心的天性分開。那一刻，我想起了你。我們在路上遇上，沒想到，那段走路上學的日子，已是我們最長的相聚了。那時我以為大家還會做一段日子的伴兒，但一切來得快，去得也快。牧師說，天下無不散之筵席，只有在耶穌基督溫柔的目光裏，筵席永遠不會散。他說，那就好像你仍然信任着一個久久未能相見的人一樣。這話切切實實地觸動了我。當年的外祖父和姑婆分處兩地，最後陰陽相隔，卻還是深深相愛着。同樣，你記得我的死黨粒仔嗎？他已經隨家人移民英國，在那兒拔尖考進了一流大學修理論物理學。我和他，永遠是最好的朋友，雖然我們將來的路會很不同，而且我不知道這一輩子還能再看見他多少次。我最開心的是他已經比我高得多了。明年他回來，說要跟我一同到內地去玩玩。你要不要一起來？

還有一件事一直沒跟你說。那一年，我在縣裏的隊友送了我一雙鞋子，學校裏的同學也送了我一雙。前一雙太小，我留作紀念了，那標識着我的童年。同學們送的那雙，雖然常常用來練習，但我仍穿了一年多。鞋子快要破的時候，你大哥又送了一雙給我，那正是你常穿的紅羚羊。我打開鞋盒的時候，你哥哥說，那其實是你在我十五歲的時候送我的生日禮物。那一刻，我呆住了。當時你為什麼不親手送給我呢？這件事，我一定要問個明白——不過，還是等我到了澳洲你再告訴我吧。到時，你會看見它穿在我腳上。

明年輪到我考大學了，到時要向你請教考試心得。期待着在遙遠的南半球看見你。

小辛

某次晚飯，一位小妹妹提到年輕人愛看怎樣的故事；
我聽了，為《野地果》添上了一些情節。
謝謝你，莊敏。